YÜREĞİME DOKUNAN ELLER

ALİŞAN KAPAKLIKAYA

YEDİVEREN
YAYINLARI

YÜREĞİME DOKUNAN ELLER

Alişan Kapaklıkaya

Yediveren Yayınları
Tür: Gelişim

Yayın Yönetmeni
Gökhan Alperen Bayrak

Yayın Koordinatörü
Akif Bayrak

Görsel Yönetmen
Leyla Çelik

İç Tasarım
İbrahim Akdağ

ISBN
978-605-5011-72-7

2018
Yayınevi Sertifika No:29485
Tic. Sicil No:893116

Baskı
Çalış Ofset
Matbaa Sertifika No: 12107
Davutpaşa Cad. Yılanlı Ayazma Sk.
No:8 Davutpaşa /Topkapı/İstanbul
Tel: 0212 482 11 04

Yediveren Yayınları Eğitim Hiz. Tic. Ltd. Şti.
Ticaret Sicil No: 893116 Sertifika No: 29485
Şenlikköy Mahallesi, Şehit Muammer Yüzsüren Sokak
No:17 B Blok D: 2 Florya Bakırköy İSTANBUL
Tel: +90 212 506 13 84 / +90 212 506 13 85 / Fax: +90 212 506 13 86
www.yediveren.com.tr / info@yediveren.com.tr

YÜREĞİME DOKUNAN ELLER

ALİŞAN KAPAKLIKAYA

YEDİVEREN
YAYINLARI

SANA SÖZ VERİYORUM:

Bu kitabı okurken,

Çok güleceksin,

Heyecandan öleceksin,

Meraktan çatlayacaksın,

Uykusuz kalacaksın,

Bazen çok ağlayacaksın,

Çok korkacaksın,

Çok öfkeleneceksin,

Çok sevineceksin.

"VAR" DİYE BİR ŞEY YOKTU

Ben doğduğum zaman bizim köyde "VAR" yoktu, "YOK" vardı. Çocukluğumda en çok duyduğum cümle "Var mı?" sorusu, en çok duyduğum cevap "Yok!"tu.

- Baba bana para verir misin?

- Yok.

- Baba bana gazoz alır mısın?

- Para yok, alamam.

- Anne bana para verir misin?

- Bende yok, git babandan iste.

- Baba bana oyuncak alır mısın?

- Para yok, git kendin yap oyuncağını.

- Baba bana defter alır mısın?

- Oğlum geçen sene aldıydım ya.

- O bitti baba.

- Sayfalarını silip yeniden yaz. Yeni defter almaya para yok.

İlkokulda çok defterimiz olmazdı. Bir kitap, bir defter, bir kalem, bir kalemtıraş ve bir de silgi... Çantamız da olmazdı. Annem torbaya benzer bezden bir çanta diker, okul eşyalarımızı o torbanın içine koyar okula öyle giderdik.

Okulların açılmasının yaklaştığı bir gün babama dedim ki,

- Baba bana pantolon alsana.

Babam yorgun gözleriyle bana bakıp,

- Sen de bugünlerde amma çok şey istemeye başladın ha! Pantolon alacak para ne gezer bende?

- Ama baba pantolonum yok.

- Git anana söyle, babaannenin giymediği şalvarını biçip ondan sana don diksin.

- Babaannemin şalvarı mı?

- Evet, ne olmuş?

- Ama babaannemin şalvarı çiçekli basmadan!

- Ne varmış bunda?

- Hiç oğlanlar çiçekli kız donu giyer mi?

- Giyer tabii. Yoksa ne yapacaksın, donsuz mu gezeceksin?

Çocukken babaannemin şalvarlarından yapılma, annemin kendi elleriyle biçip, ayaklarıyla çalıştırdığı dikiş makinesinde diktiği kız donları giyerek büyüdüm.

Annem, babamla evlendiğinde 16 yaşındaymış, babam da 22. Onların yaşadığı zamanda ülkemizde kıtlık varmış. Babaannem, hem Birinci Dünya Savaşı, hem Kurtuluş Savaşı, hem de İkinci Dünya Savaşı zamanında yaşamış. 1892'de doğmuş, hiç okula gitmemiş. Okul ve öğretmen yüzü görmemiş, okuma yazma bilmeyen bir insandı.

On bir kardeşin en küçüğü olan babam, babasını hiç görmemiş, tanımamış, onunla oynamamış, onu koklamamış, çünkü babam iki yaşındayken dedem ölmüş. Babaannem on bir çocukla kalakalmış ortada... Yoksulluğun kol gezdiği, ülkemizin ve dünyanın ikinci dünya savaşının korkusuyla yaşadığı bir ortamda doğmuş babam. Küçükken pek zayıf, çelimsiz ve cılızmış. Evde on bir çocuk var ve yiyecek hiçbir şey yok. Babaannem bazen bazlama yaparmış. Sacda pişerken 11 kardeş sacın etrafında aç kurtlar gibi beklermiş. Babaannem pişen bazlamalardan birini ortaya koyduğunda birbirini eze eze saldırırlarmış o bazlamaya.

Babam güçsüz olduğu için sona kalır ve çoğu zaman bir parça bile yiyemeden aç kalkarmış, sadece bazlamadan oluşan sofradan.

Annem ilkokul ikinci sınıfa kadar okumuş. 15 yaşındayken anneme demişler ki, "Seni askerden yeni gelen şu oğlana isteyecekler." Annem, babamın kaçıncı sınıfa kadar okuduğunu sormuş ve hemen babamla evlenmeyi kabul etmiş, çünkü babam köyün en tahsilli gençlerinden biriymiş. İlkokul üçüncü sınıftan mezun olduğunu gösteren diploması varmış.

Annem dokuz kardeşten dördüncüsü. Hem annemin, hem de babamın ikişer üvey kardeşi var. O zamanlar insanlar çok hastalanır ve sebebini bilmeden erken ölürlermiş. Sağ kalan eşler birkaç defa evlenirlermiş.

Dedem çok otoriterdi. Anneannem ise aksine halimselim güler yüzlü ve yumuşak huyluydu. Sürekli tebessüm ettiği için kendisine "Pamuk Ebe" adını koymuştuk.

Dedemin çocuklarına sevgi göstermediğini anlatırlar, çünkü otoriter ve güçlü görünen birinin sevgi göstermesi zayıflık sayılırmış o zamanlarda. Bu yüzden annem, baba şefkati yaşamak yerine, otoriter babasından çekinerek ve onun göz açtırmayan baskısı altında ezilerek büyümüş.

Babam da babasız kaldığı için baba sevgisi, baba şefkati nedir bilmeden büyümüş. Babaannem, anneannemin aksine çok otoriter, kuralcı ve baskıcıydı. Deyim yerindeyse erkek gibi bir kadındı. Bakmakla yükümlü olduğu on bir çocuğun önünde güçlü görünmek zorundaydı.

Aslında hem annem, hem de babam sevgisizliğin, cehaletin, geleneksel baskının, ezilmişliğin ve deşefkatsizliğin kurbanıydılar.

Galiba biz de o kurbanların kurbanı oluyorduk.

YAMALI PANTOLON

Babamın aldığı yeni bir pantolonu üç-dört yıl giyerdim.

Bir gün arkadaşlarımla misket oynuyordum. Birdenbire dengem bozuldu ve düştüm. Dizim yere sürtündü. Pantolonumun diz kısmı ezildi ve küçük bir delik açıldı. Ağlamaya başladım. Pantolonum daha yeniydi. Üç yıllık...

Annem ağladığımı görünce "Sus be, zırlayıp durma, bakacağım çaresine." diye bağırdı.

Baktı çaresine. Dizimdeki yırtık, parmak ucu kadar olmasına rağmen annem 30 cm boyunda, 15 cm eninde kocaman bir yama yaptı. Üstelik pantolonun renginde kumaş bulmak da zordu. Pantolonum kahverengi, yama ise maviydi. Düşünebiliyor musun sağ dizimde kocaman bir yama var, sol dizim sağlam. Bir süre sonra sol dizim de yırtılırdı. Annem aynı boyutta bir yamayı da sol dizime yapardı. Rengi daha başka olurdu.

Biraz zaman geçtikten sonra yamalar da yırtılırdı ve annem yamaların üstüne yeni yama yapardı. Pantolon kahverengi, sağ dizimdeki ilk büyük yama mavi, sol dizimin üstündeki ilk yama sarı. Sonra sağ dizimdeki yamanın üstündeki biraz daha küçük olan yama gri, onun üstündeki küçük yama pembe. Aynı şekilde sol dizim de rengârenk.

Bir süre sonra ortaya nasıl bir durum çıktığını düşünebiliyor musun?

Ben biraz daha büyüyünce pantolon bana iyice dar gelir ve benden boyca daha küçük olan kardeşime miras olarak kalırdı. Haliyle biraz daha eskir ve yıpranırdı.

Bir gün kardeşimin giydiği benden kalan pantolonun arkası da yırtıldı. Taşın üzerine oturmuş, sonra birden hareket edince delinmişti pantolon. Annem kardeşimin poposunu örtecek şekilde 20 cm çapında yuvarlak bir yama yapmıştı. Renk yine farklı: Kırmızı. Bir süre sonra onun üstüne daha küçük sarı bir yama. Yürürken arkamızdaki yamalar arabaların yanıp sönen fren lambaları gibi parlardı.

Düşünsene siyah bir pantolonun üzerine dikilmiş beş altı çeşit rengârenk yamayla yürüyorsun.

Öğretmenlerimizin bize teselllileri de her zaman hazırdı:

- Çocuklar yeni pantolonunuz olmayabilir. Eski olması, yamalı olması hiç önemli değil. Önemli olan temiz olması.

Bunu diyen öğretmenlerin pantolonlarında hiç yama yoktu. "Acaba öğretmenler bizim giydiğimiz yamalı pantolonları giyseler ne hissederlerdi ki?" diye düşünürdüm kendi kendime.

Babamgil benden daha büyük zorluklar yaşamışlar. Bir keresinde babam anlatmıştı:

- Bizim zamanımızda iç çamaşırı yani sizin giydiğiniz atlet-külotlar yoktu. Zengin olanlar Amerikan bezinden, fakir olanlar şeker torbalarından don-köynek dikerlerdi. Eskiden şeker çuvalı bezdendi.

Bir gün amcalarınla hamama gittik. Hasan amcan unutmuş, annemin şeker torbasından don köynek diktiğini. Amcan ceketini çıkardı, gömleğini de çıkardı. Sırtında marka yazıyordu:

Afyonkarahisar Şeker Fabrikaları A.Ş.

Çuvalların altında sağ köşede bir not olurdu:

NET: 50 kg.

Onun altında bir not daha vardı:

Nemden koruyunuz.

En altta da fabrikanın telefon numarası.

Hamamda adamın biri Hasan amcana sordu:

- Siz pancar şekerini Afyonkarahisar'dan mı alıyorsunuz?

- Evet, nereden bildin?

- Sırtında yazıyor da.

ALLAH'I MERAK EDİYORUM

Küçükken çok meraklı bir çocuktum. Sürekli sorular soruyor ve etrafımda olan biteni anlamaya çalışıyordum.

- Baba, Allah kim?

- O nasıl soru oğlum?

- Herkes Allah diyor da onun için sordum.

- Allah bizi yaradandır.

- Yaratmak ne demek baba?

- Yani dünyaya getiren.

- Annem de mi Allah?

- Tövbe tövbe haşa, bunu da nereden çıkardın?

- Rafet'i annem dünyaya getirdi ya.

- Rafet'i annenin karnına Allah koydu.

- Ne zaman?

- Geçen sene.

- Biz niye görmedik baba?

Babam güldü.

- Baba Allah görünür mü?

- Hayır görünmez. Biz Allah'ı göremeyiz.

- Neden?

- Çünkü o çooook büyük.

- Ne kadar büyük?

- Dünyadan daha büyük.

- Allah nerede oturuyor. O kadar büyükse dünyaya sığmaz ki.

- Allah bir yerde oturmuyor.

- Hep ayakta mı duruyor?

- Oğlum sen bunları en iyisi caminin hocasına sor, o daha iyi bilir.

- Baba, sen caminin hocasından daha bilgili değil misin?

- Yeter artık oğlum sus biraz.

Sustum...

Ben çocukken bizim köyde elektrik yoktu, dolayısıyla televizyon da yoktu. Evlerde büyük büyük radyolar vardı. Her akşam saat yedide haberler dinlenirdi.

- Baba bu ses nereden çıkıyor?

- Radyodan.

- Konuşan teyze radyonun içine nasıl sığıyor baba?

- Ne sığması?

- Bak, konuşan teyze radyonun içinde değil mi?

- İçinde.

- Nasıl girdi oraya?

- Oraya girmedi ki.

- Sesi nasıl geliyor o zaman?

- O ses Ankara'dan geliyor.

- Teyze Ankara'da mı oturuyor?

- Evet.

- Oradan bağırınca buradan duyuluyor mu?

- Yok oğlum, bağırmıyor.

- Nasıl konuşuyor o zaman?

Bunalmıştı babam:

- Tamam, şimdi sus, başım şişti. Okula gidince bunları öğretmeninden öğrenirsin.

- Okulda her şeyin cevabı var mı baba?

- Evet, var.

Okulu merak etmeye başladım. Acaba nasıl bir yerdi? Daha önce hiç sınıfa girmedim. Öğretmenleri bazen köy meydanındaki kahvenin önünde otururken görüyordum. Çocuklar öğretmeni görünce yanlarına yaklaşamazlardı, çünkü öğretmenler çocukları görünce "Ne geziyorsunuz buralarda, işiniz, gücünüz, dersiniz yok mu? Haydi, doğru eve gidin de çalışın bakalım." diye kızar ve onları eve gönderirlerdi.

Öğretmenlerin bazıları iyiydi ama bir tanesi çok sertti, asık suratlı durur ve ürkütücü bakardı. Okula gitmediğim halde ondan korkardım.

HER GÜN YATAĞA İŞERDİM

Küçükken yatağa işerdim. İlkokul beşe kadar ara vermeden yatağa işedim. Ortaokula geçtiğimde seyrekleşse de lise birinci sınıfa kadar devam etti alt ıslatmalarım.

Annem beni, yatağı ıslatıyorum diye her gün döverdi. Ne o beni dövmekten vazgeçti, ne de ben yatağı ıslatmaktan vazgeçtim.

Bir sabah uyandığımda yatağın ıslak olduğunu anladığımda utandım. Birazdan duyacağım azarın utancıyla ve yiyeceğim dayağın korkusuyla bir süre yerimden kalkamadım. Annem anlamıştı yine. Hışımla geldi, yorganı tutup üstümden kaldırdı. "Gene mi yaptın?" diye bağırınca korktum. Enseme bir tokat yapıştırdı. Hızını alamadı, pijamamı kendi çıkardı. Tam o sırada amcamın kızı Aynur içeriye girmez mi? Beni öyle görünce "Aaa, sen yatağa mı işedin?" dedi. Çok utandım, sanki yerin dibine girdim. Rezil oluşuma mı yanayım, Aynur'un beni donsuz görüşüne mi yanayım, annemin popoma yapıştırdığı şaplakların acısına mı yanayım bilemedim.

Annem döşeği kucakladığı gibi dışarı çıkarır ve kuruması için yola bakan duvarın üstüne sererdi. Aynur döşeği her gördüğünde "Hımm, bu gece ne yaptığın döşekten anlaşılıyor." diye dalga geçmeye devam ederdi.

Ben ilkokula başladıktan bir süre sonra annem döşeği kurtaracak bir çare buldu. Türkiye Zirai Donatım Kurumu'nun gübre torbaları o zaman naylondandı. Annem birini açıp döşekle çarşafın arasına sererdi. Millet mışıl mışıl uyurken, benim altımdan hışır hışır naylon sesi gelirdi. O sesler benim güvenimi çalıyordu.

GÜVENİMİ ÇALAN SESLER

Bir sabah Aynur yine bize geldi. Ekmekleri bitmiş, annemden yarım somun istedi. Ben daha yataktayım. Tam kapıdan çıkarken dönüp kendisine baktım. Altımdaki naylonun sesi hışır hışır gelince Aynur birden durdu, "Yine mi işedin sidikli?" diye dalga geçti.

O günden sonra bize misafir geldiğinde onların yanında kıpırdamadan yatıyordum. Naylon hışırtısı çıkmasın, kimse duymasın ve kimse benimle dalga geçmesin diye.

Annemin beni dövmesine alıştığım için pek üzülmezdim ama bazen misafirlerin yanında döverdi ve ben daha çok utanırdım. Mahcubiyetimden kafamı öne eğer ve misafirlerle göz göze gelmekten kaçınırdım. Hele de bazılarının "Üff bu çocuk yine mi yapmış?" sözlerini duyunca iyice yerin dibine girerdim.

Bir gün dayımlara akşam oturmasına gitmiştik. Aynurlar de vardı, ev kalabalıktı. Bir süre sonra çay geldi. Yengem elindeki tepsiyle herkese çay tuttu. Çay içmeyi, hele de misafirlikte içmeyi severdim. Sıra bana gelince heveslendim. Yan gözle köşede oturan anneme baktım. Kimseye fark ettirmeden kaşlarını "Hayır içme!" anlamında hafifçe yukarı kaldırdı. Kimse görmedi ama ben anlamıştım annemin ne demek istediğini ve çayı içersem ertesi sabah başıma nelerin geleceğini.

Yengeme usulca "Ben çay sevmem." dedim. Yanımda duran Aynur kulağıma eğilip kimsenin duymayacağı bir sesle "İç iç, bir şey olmaz." deyince iyice gıcık oldum ona.

Çocukluğumda uzun yıllar akşam yemeğinden sonra çay içmedim. Kavun, karpuz gibi sulu şeyler de yemedim.

Bazen yatağı ıslatmadığım günlerde de dayak yerdim. Nasıl mı?

Biz bir yatakta bazen üç, bazen dört kardeş yatardık. Sabah kalkardık, biri yapmış ama kimin yaptığı belli değil. Benden iki yaş küçük olan kardeşim Kahraman'ın da yatağı ıslatma konusunda benden aşağı kalır yanı yoktu.

Bazen o benden önce uyanırdı. Bakıyor kendi yapmış, ben yapmamışım, işin ucunda dayak yemek var. Beni ite ite kendi çişinin üstüne getiriyor. Kendisi kuru yere, yani benim yerime geçiyor. Annem elini yorganın altına sokup kontrol ediyor. Kimin altı ıslaksa dayağı o yiyor. Düşünebiliyor musun? Çişi yapan o, dayağı yiyen ben.

Annem bir gün "Kalkınnn!" diye bağırdı. "Ne oluyor?" diye fırladım yataktan.

- Şimdi söyleyin bakayım yatağa hanginiz yaptı?

- Ben yapmadım, dedim.

- O yaptı, dedi Kahraman.

O gün annemin kafası karışmış. Her zamanki gibi elini yorganın altına sokup kontrol ettiğinde altımın ıslak olduğunu anlıyor. Tam dövecekken bir bakıyor ki Kahraman'ın pijaması ıslak. Düşünebiliyor musun benim donum kuru altım ıslak, kardeşimin donu ıslak altı kuru...

OTUR YERİNE SALAK

Yedi yaşıma girdiğimde okula yazılacaktım, ama bizimkiler göndermedi. Babam, "Bir yıl daha dur, seneye gidersin." dedi.

İlkokula sekiz yaşıma girdiğimde başladım. Sınıfta 25 çocuk vardı ve hiç düşünmediğim bir tehlikeyle karşı karşıyaydım.

Ben Aynur'dan bir yaş büyüktüm. Okula bir yıl geç gidince onunla aynı sınıfa düşmüştüm. Bu durum benim için büyük bir sorundu, çünkü benimle dalga geçebilir, herkesin içinde beni rezil edebilirdi. Bir yıl önce okula başlasaydım böyle bir tehlike olmayacaktı, çünkü o bir alt sınıfta olacaktı.

Okula büyük bir hevesle başladım. Okumayı yazmayı bir an önce öğrenmek istiyordum. O zaman akrabalarımın askerdeki çocuklarına mektup yazabilecek, onlardan gelen mektupları okuyabilecektim. Hatta gazetedeki yazılarda bile ne olduğunu anlayabilecektim.

İlk gün bizi bir sınıfa oturttular ve biraz sonra öğretmenimizin geleceğini söylediler. Heyecanla karışık bir sevinçle beklemeye başladım. Oturmak için kendime Aynur'dan oldukça uzak bir yer seçtim.

Biraz sonra sınıfa görmekten hiç hoşlanmadığım bir öğretmen girdi. Kim biliyor musun?

Daha önce köy meydanında, kahvenin önünde oturup etrafa bakan asık suratlı öğretmen.

Hem Aynur'la hem de görüntüsü bana ürkütücü gelen o yaşlı öğretmenle aynı sınıfta olmak hiç hoşuma gitmedi.

İlk hafta neler yaptığımızı pek hatırlamıyorum. Öğretmene adını sorduğumda duyduğum azarı uzun zaman unutamadım.

- Sen öğretmen misin?

- Evet. Senin adın ne?

- Metin Yıldız.

- Sen kimin oğlusun?

- Abidin'in oğluyum. Senin adın ne?

- Sen benim adımı bilmiyor musun?

- Hayır.

- Ulan geri zekâlı, ben kaç yıldır bu köyde oturuyorum, daha adımı öğrenemedin mi?

- Hayır öğrenemedim.

- Otur ulan yerine salak. Babana söyle de adımı sana güzelce öğretsin.

Çok korkmuştum. Köşedeki masada oturan Aynur kafasını eğmiş düştüğüm rezil duruma gülerek yan gözle bana bakıyordu. O gün eve geldiğimde ilk işim babama koşup öğretmenin adını sormak oldu:

- Baba, bizim öğretmenin adı ne?

- Sizin sınıfa hangi öğretmen geliyor?

- Yaşlı bir amca, kızgın suratlı işte.

- Hımm, anladım. Savaş Öğretmen.

- Daha bugün geldi ve bana kızdı.

- Kızdı mı, niye?

- Adını sordum diye.

- Bunun için kızılır mı?

- Kızdı işte, adımı öğrenemedin mi, dedi.

- Sen ne dedin?

- Bilmiyorum dedim.

- O ne dedi?

- Geri zekâlı! Git babana söyle de, adımı sana iyice öğretsin, dedi.

- İyi ki dövmemiş seni.

- Döver mi?

- Hem de çooook.

- Nereden biliyorsun?

- Biliyor musun o öğretmen hem beni, hem de anneni okuttu.

- Sahi mi?

- Evet. Beni üç yıl okuttu, anneni de iki yıl.

Anneme baktım:

- Derslerini iyi yap, yoksa kötü döver. Bizim zamanımızda elinde bir zincir vardı: Yaşlıların köstekli cep saatlerini yeleğin düğmesine bağlamak için kullandıkları ince bir zincir. Sınıfta konuştun mu, güldün mü, yaramazlık yaptın mı zincirle kafamıza ve kulaklarımıza vururdu. O zincirle vurduğu yer öyle bir yanardı ki, bir süre sonra kıpkırmızı olurdu.

Hatta bir gün Niyazi'ye bir tokat vurdu, Niyazi sınıfta bayıldı.

- Bayıldı mı, o kadar çok mu dövdü?

- Evet, sonra yüzüne kolonya döküp ayılttı.

Korkmaya başlamıştım. Yeni şeyler öğrenmek, köyümüzün dışındaki dünyanın nasıl olduğunu anlamak, okumayı yazmayı öğrenmek için gittiğim okulu annemle babam sanki hapishane gibi anlatıyorlardı. Öğretmen de bekçi gibi bir şeydi.

O günden sonra günlerim Savaş Öğretmenimizden korkarak ve Aynur'dan çekinerek geçti. Herkesin önünde dayak yememek için sınıfta uslu durur, ödevlerimi günü gününe yapmaya çalışırdım ama yine de kötü dayak yerdim.

Birinci sınıfta, öğretmenden sık sık yediğimiz o feci dayaklardan ve duyduğumuz azarlardan başka aklımda kalan pek önemli bir şey yoktu.

İKİNCİ SINIFTAYIM

İkinci sınıfa beni okuldan soğutan bir olayla başladım. Ben birinci sınıftayken en küçük teyzem beşinci sınıftaydı. İkiye geçtiğimde teyzem beşinci sınıfı bitirip okuldan mezun oldu. Aynı yıl kardeşim Kahraman da okula başladı. Benim önlüğümü kardeşime verince ben önlüksüz kaldım. Annem de bana, mezun olan teyzemin önlüğünü giydirdi. Erkeklerin önlüğünün düğmeleri önde ve sağ tarafta olurdu. Kızların düğmeleri ise arkada ve sırtının ortasında yukarıdan aşağı sıralanmış bir şekilde.

Teyzemin önlüğünü giydim. Annem arkadan düğmeleri ilikledi. Önlük o kadar uzundu ki, ucu hemen hemen topuklarıma değecek. Kız fistanı gibi bir şey oldu. Üstelik bir de belinde kuşak vardı.

Okul bahçesine girmemle çocukların gülüşmesi bir oldu.

- Aaaa Metin, sen kız olmaya mı karar verdin?

- Niye ki?

- Baksana, kız önlüğü giymişsin.

Kıpkırmızı oldum, çok utanmıştım.

O gün anneme okula gitmek istemediğimi, okuldaki çocukların önlüğümle dalga geçtiğini söyledim. Annem, "Baban şehre gidip yeni önlük alıncaya kadar bununla idare edeceksin." dedi. Öyle gitmeye mecburdum, başka bir seçeneğim de yoktu ki.

Savaş Öğretmen ilk gün derse elinde yaş bir çubukla girmişti. Boyu 60 -70 cm olan ince çubuğu salladığında "Vınnn" diye ince bir ses çıkıyordu.

- Çocuklar geçen sene küçüksünüz diye sizi pek dövmedim. (Demek ki attığı o şiddetli sopaları dayaktan saymıyordu.) Bu sene bir yaş daha büyüdünüz. Derslerinize iyi çalışacaksınız. Çalışmayanı gebertirim haaa. Anladınız mı? diye bağırınca sınıfa bir sessizlik çöktü. Korkudan titriyor, neredeyse nefes alamıyorduk. Ben bir ara burnumu hafifçe çektim. O sessizlikte sesim yüksek çıkmıştı. Öğretmen bana dönüp "Güldün mü lan sen?" diye bağırarak elindeki sopayı ağzımın üstüne öyle bir yapıştırdı ki, dudağım koptu sandım. Dudağım önce kabardı, sonra da patladı.

İkinci sınıfta birinci dönemin ortalarıydı. Kapı komşumuz olduğu için Aynur'la sık sık okula beraber giderdik. O gün bana dedi ki, "Sen çoktandır yatağa işemiyorsun galiba."

Gülümsedim. "Evet, yapmıyorum. İyi de sen nereden bildin?" diye sordum. "Ben bilirim seni." dedi. O gün aklımı kurcalayıp durdu. Sahi, Aynur yatağı ıslatmadığımı nereden bilmişti? Okulda soramadım, milletin içinde bir şey söyler de rezil olurum diye.

O akşam da düşünüp durdum "Yahu bu kız nasıl bildi?"

Aradan birkaç gün geçti. Bir sabah önlüğümü giydim. Çantamı aldım. Yola çıktım, yine Aynur. Cesaretimi toplayıp soracaktım nereden bildiğini.

Benden önce o bana laf attı:

- Bugün de işedin, değil mi?

Aaaa yine bilmişti. Dayanamayıp sordum:

- Yahu sen her gün ne yaptığımı nereden biliyorsun?

- Bilmeyecek ne var her şey ortada, göz önünde.

- Nasıl?

- Annen uzun zamandır döşeği avlunun duvarına sermiyordu. Bak bugün sermiş döşeği...

Yine kıpkırmızı oldum.

ÇALIŞKANLAR TEMBELLERİ DÖVDÜ

Öğretmen bir gün defterleri kontrol etti. Verdiği ödevleri yapıp yapmadığımıza baktı. Sınıftakilerin çoğu ödevini yapmış, bir kısmı da yapmamıştı. Ben ödevini yapanlar arasındaydım, Aynur ise yapmayanlar arasındaydı.

Öğretmen ödevini yapmayanları tahtaya kaldırdı. Beş kişilerdi. Yapanlar arasından da beş kişiyi kaldırdı. Tahtanın önünde ödevini yapanlarla yapmayanları karşılıklı dizdi. "Şimdi çalışkanlar tembellere birer tokat atacak." dedi. Çalışkanlar atmak istemedi. Öğretmen bağırdı "Haydi, şimdi hızlıca birer tokat vurun, yoksa ben hepinizi sıra dayağından geçireceğim."

Dayak yiyecekler acıyla, ezilerek bakıyorlardı diğerlerine. Çalışkanlar isteksizce yavaş birer tokat vurdu. Öğretmen kükredi:

- O tokat öyle atılmaz böyle atılır, diye tahtadaki herkesi tekme tokat dövdü.

O gün çok üzülmüştüm. "Beni tahtaya kaldırsaydı ne yapardım ki, kesin tokat atmazdım arkadaşlarıma." dedim kendi kendime...

"Aynur hariç olurdu belki."

OYUNCAĞIM YOKTU

Ben çocukken bana oyuncak alan kimse olmadı. Öğretmenlerin çocuklarının elinde oyuncak gördüğümüzde onlara imrenirdik.

Babama dedim ki;

- Bana oyuncak alsana.

- Ne oyuncağı oğlum?

- Oyuncak işte. Öğretmenin çocuğunda gördüm. Ne güzel oynuyor, bizi de oynatmıyor.

- Oyuncak moyuncak alamam.

- Ama öğretmen almış.

- O her ay maaş alıyor. Ben nereden para bulup da alayım ki?

- Senin paran yok mu?

- Yok

- Annelerin parası olmaz ama babaların olur.

- Yok dedim ya!

- Cebine bir bak, belki vardır.

Babam ısrarım karşısında sıkıldı,

- Tamam şimdi yok, şehre gidince oyuncak alırım sana.

Bir gün bizim köye bir çerçi geldi. Bizim evin önünden geçerken bağırıyordu. "Elma var, armut var, ceviz var, leblebi var, lokum vaar, bisküvi var, iğde vaar, gofret vaaar. Çerçi geldi çerçiiiiii."

Baktım, bir at arabası ve arabanın içinde de küçük kasalar var. Kasalarda da çeşit çeşit yiyecekler var. Arabasının arkasında da oyuncaklar asılı. Naylon bebekler, naylon arabalar, balonlar, kazma kürek, kamyonlar.

Hemen babama koştum:

- Baba şehre gitmene gerek kalmadı. Çerçide oyuncaklar var, satıyor.

- Tamam da, neyle alacağız? Para yok.

Hemen anneme koştum:

- Anne para ver, oyuncak alacağım.

- Yok oğlum, bende para ne arasın?

Onda da yoktu. Babaanneme koştum:

- Ebee para var mı sende?

- Kim kaybetmiş ki ben bulayım?

Onda da yoktu. Çerçinin yanına geri döndüm yoktu, gitmişti.

ONURU KIRILAN SUNA

Savaş Öğretmen merhametsizdi. Sınıfta gülümsediğini hiç görmedim. Verdiği ödevlerin tam yapılmasını isterdi.

Her sabah, evlerinin önündeki kavaklıktan yaş bir çubuk keser, sınıfa onunla gelirdi. Bazen cebinde taşıdığı küçük çakısını çıkarıp o çubuğun kabuklarını soyar, budaklarını keserdi. Bunu yaparken de sert bakışlarıyla bizi süzer ve hepimize gözdağı verirdi. Bizi çoğu zaman o çubukla döverdi. Elimize vurduğu zaman kızartırdı ve o kızarıklık bir iki gün dururdu elimizde, sızısıyla beraber.

Zaman geçtikçe elimizdeki sızı da geçiyordu ama yüreğimizdeki sızı ne zaman geçecekti bilmiyordum.

Senin yüreğinde de geçmişten kalan yaraların acısı var mı?

Öğretmen bir gün dedi ki, "Ödevlerini yapmayanlar parmak kaldırsın."

Kimse kaldırmadı.

- Tamam, şimdi açın defterlerinizi kontrol edeceğim.

Defterleri açtık. Öğretmen, tek tek kontrol etmeye başladı. Suna'nın yanına gelince durdu:

- Hani ödevin?

- ...

- Ödevini yapmadın mı?

- ...

- Niye parmak kaldırmadın? Sen şimdi yalan söyleyip beni mi kandırıyorsun?

- ...

- Çık tahtaya.

Suna korkak ve ürkek adımlarla çıktı tahtaya, korkuyordu. Babası yanlarında olmadığı için kendini güçsüz, sahipsiz ve kimsesiz görürdü. Babası Eskişehir'e çalışmaya gittiği için annesi ve iki kardeşiyle beraber yaşıyorlar, komşularının verdiği yardımlarla geçinmeye çalışıyorlardı.

Suna içe kapanık biriydi. Fazla konuşmaz, kimseye karışmaz, şımarıklık yapmazdı. Sessizce gelir, sessizce giderdi. Çok da iyi kalpliydi, hiç kimseyle kavga etmezdi.

Suna'nın arkasından öğretmen de geldi tahtaya. O meşhur yaş çubuğunu aldı "Aç ellerini!" dedi.

Suna yere bakarken ellerini yavaşça kaldırdı. Öğretmen değneği var gücüyle salladı ama ıskaladı. "İyice kaldır ellerini!" diye bağırınca, Suna ellerini kaldırdı. Öğretmen bu defa ıskalamadı. "Ahhhh!" diye bir inleme duyuldu. Savaş Öğretmen her iki eline de bir kaç defa vurdu, sonra bıraktı. Var gücüyle bir de tokat atınca, "Anneeeee!" diye bağırdı Suna.

Biz nefes alamıyorduk, çıt çıkmıyordu sınıfta. Dizleri yamalı olan çiçekli donundan, naylon ayakkabılarına dolan çişi, dikildiği yerden öğretmenin masasına doğru akmaya başlayınca anladık Suna'nın korkudan altına kaçırdığını.

- Götürün şunu evine.

Şerife'yle Nurten koluna girdiler. Sınıfın kapısına doğru yürürlerken Suna'nın naylon ayakkabısından dökülen damlalar geride iz bırakıyordu.

Gitti Suna ve o dönem bir daha da okula gelmedi.

Öğretmen hademeyi çağırdı.

Tahtanın önündeki izler silinmişti ama ruhumuzda kalan o korku ve dehşet izleri uzun yıllar kaldı içimizde.

Ve yine o gün içimizdeki öğrenme merakı sönüp gitti.

Öğretmen attığı dayaklarıyla hemen hemen sınıftaki her çocuğun merakını öldürüp adeta mezara gömdü, üstüne de beton döktü.

O gün öğretmenden iyice nefret ettim. Severek, isteyerek, merak ederek geldiğim okulun derslerini, istemeyerek, korkarak ve nefret ederek öğreniyordum.

Ertesi gün ben de okula gitmedim. "Karnım ağrıyor." deyince annem ısrar etmedi. Daha sonra bir kaç kez daha gitmeyince şüphelenip babama söyledi.

Dedem okuldan kaçtığımı duymuş. Ben ilkokula başladığımda dedem 71 yaşındaydı. Dizlerinden sakattı, yürürken topallıyordu. Kendi çocuklarına sevgi gösteremeyen dedem bizi çok severdi. Bazen elimizi tutup bizi bakkala götürür ve bize kremalı bisküvi alırdı.

- Sen okula gitmiyor musun?

- Gidiyorum dede.

- Yoksa kaçıyor musun okuldan?

- ...

- Hadi söyle kaçıyor musun?

- Kaçmıyorum dede.

- Peki, niye gitmek istemiyorsun?

- Çünkü öğretmen bizi dövüyor.

- Dövüyor mu, Savaş mı?

- Evet

- Yok canım dövmez. O benim arkadaşım.

- Seni dövmez ama bizi dövüyor. Benim de arkadaşlarım beni dövmüyor.

- Dedem güldü. Sonra sustu.

- Tamam, sen yarın okula git. Ben Savaş'la konuşurum, bir daha sizi dövmez.

Ertesi gün okula yine korkarak gittim. Ders öğrenmekten çok öğretmenimin bizi dövüp dövmeyeceğini düşünüyordum.

İçimdeki korkular ders çalışma ve öğrenme isteğimin üzerini örtüyordu sanki.

HANİ TEZEK?

Aralık ayıydı. Hava soğuktu ve çok kar yağmıştı. Sınıfta soba yakardık. Yakacağımızı da kendimiz götürürdük. Bir omuzumda annemin diktiği bez çanta, öbür elimde bir tezek. Herkes her gün okula tezek getirmek zorundaydı.

Ben o gün biraz geç kaldığım için tezek almayı unutmuştum. Sınıfa girdiğimde herkes oturuyordu. Sobanın başında dikilen Savaş Öğretmen "Hani tezek?" diye sordu. Kapının ağzında öylece kalakaldım. "Unuttum öğretmenim." deyince, "Çık dışarıda bekle de anla unutmak nasıl oluyormuş." diye bana bağırdı.

Çıktım, hava buz gibiydi. Ellerim morardı, titriyordum. 15 dakika bekledim dışarıda. Sonra beni içeri aldı, sınıfın içinde bir de azarlayıp rezil etti. "Haydi şimdi git, tezeği al da gel."

O soğukta eve kadar yürüdüm, tezeği alıp geldim.

Bir çarşamba günüydü. Okula gittim, sınıfa girdim öğretmen yok. Gece hastalanmış, okula gelemeyecekmiş. Bizi beşleri okutan Mustafa öğretmenin sınıfına aldılar. İkilerle beşler aynı sınıfta. Mustafa öğretmenin giyimi güzeldi. Gömleği ışıl ışıl parlıyordu. Bir ara Fatma'yı tahtaya kaldırdı ve ona bir soru sordu:

- Söyle bakayım Fatma, ben bu gömleği sana versem ve ütüle desem nasıl ütülersin?

- Öğretmenim önce ütüyü ısıtırım, gömleği yere sererim, üzerine de nemli bir bez koyarım ve ütüyü gezdiririm.

Mustafa öğretmen gülümseyerek Fatma'ya yaklaştı, iki avucunu açtı ve bir eliyle sağdan, diğeriyle soldan olmak üzere öyle bir vurdu ki Fatma'nın yüzü kıpkırmızı kızardı.

- Salak kızım! Bu gömlek ütülenmez, çünkü naylon.

Dışarıda hep güler yüzlü duran Mustafa öğretmenin büyüsü de bitmişti o gün.

Acaba öğretmenler çocukları ezmek, dövmek, ağlatmak için mi öğretmen olmuşlardı?

OKULDAN DAHA SIK KAÇMAYA BAŞLADIM

Bir öğle arası yine okuldan kaçtım. Eve giderken köy meydanındaki kahvehanenin önünde oturan dedem beni gördü. Yanına çağırdı. O gün Çerçi Ahmet'in arabası da oradaydı. Araba her zamanki gibi yiyecek ve oyuncak doluydu.

- Ne o Metin yine okuldan mı kaçıyorsun?

- ...

- Söylesene oğlum okuldan mı kaçıyorsun?

Dedeme yalan söyleyemezdim.

- Yoksa yine Savaş mı dövdü?

- Yooo dövmedi.

- Niye kaçıyorsun o zaman?

- Korkuyorum.

- Neden korkuyorsun?

- Öğretmenden.

- Oğlum insan öğretmenden korkar mı?

- Döver diye korkuyorum okula gitmek istemiyorum.

Dedem elimden tuttu, Çerçi Ahmet'in arabasının yanına götürdü. Oyuncakların hepsi naylondu ama olsun, rengârenkti ve parlıyordu.

- Sana oyuncak alayım mı?

- Sahi mi?

- Evet.

- Senin paran var mı?

- Var.

- Maaş mı alıyorsun?

- Yoo, ne maaşı?

- Babam dedi ki, her ay maaş alanların parası olur.

- Ben 10 tane koyun sattım, param var.

Elini ceketinin iç cebine attı. Kutu gibi bir cüzdan çıkardı. Bir bölümünde kâğıt, bir bölümünde de demir paralar vardı.

- Söyle bakayım hangi oyuncağı istiyorsun?

- Kırmızı kasalı, siyah tekerlekli, mavi kabinli bir kamyon vardı. İçinde de sarı renkli bir naylon kürek.

- Bunu istiyorum.

Dedem parasını verip o kamyonu aldı.

- Şimdi bunu al, bol bol oyna ama bir daha da okuldan kaçma tamam mı?

Ne zamandır almak istediğim kamyon elimdeydi işte eve koştum. Oyuncağımı divanın altına saklayıp tekrar okula gittim, çünkü bir daha okuldan kaçmayacaktım.

KARNEM "PEKİYİ"LERLE DOLU

Şubat tatili geldiğinde çok sevinçliydim, çünkü 15 gün okula gitmeyecektim. Karnelerimizi aldık. Notlarımın hepsi "PEKİYİ" idi. Aynur'un üç tane "İYİ" si, iki tane de "ORTA"sı vardı.

Karnemi önce dedeme gösterdim. Şöyle bir baktı. "Aferin bak gördün mü, bu pekiyiler senin ne kadar zeki olduğunu gösteriyor." dedi. Sözleri, ruhumu okşuyor ve beynimi coşturuyordu.

Önce dedemin elini öptüm, sonra da şirin yüzlü anneannemin. Anneannem okuma yazma bilmezdi. O da hiç okula gitmemiş. Karneye baktı, "Burada ne yazıyor?" dedi. Dedem gülerek, çok akıllı bir torunun var, öyle yazıyor deyince gülüştüler.

Pamuk Ebe, divanın kenar örtüsünü kaldırdı. Bir kese kâğıdı çıkardı. İçindeki fıstıklardan bir kısmını bir tabağa doldurdu. İçine bir kaç tane de kaba şeker attı. "Hadi ye benim akıllı torunum, sen bunları hak ettin." dedi. Sonra da dedeme dönüp "Harçlık versene çocuğa." dedi.

Dedem elini cebine attı. Kâğıt bir beş lira çıkarıp bana uzattı. "Hepsi benim mi?" dedim. "Evet, hepsi senin." dedi.

O an yaşadığım sevinçten, beş lirayı nasıl aldığımı, cebime nasıl koyduğumu hatırlamıyorum.

Fıstıkları yedikten sonra eve koştum. Annem, babam ve babaannem de harçlık verebilirdi. Karnemi önce anneme gösterdim. Baktı "Aferin iyiymiş." dedi. "Dedem harçlık verdi." dedim, ondan da beklediğimi ima ederek. "Bende para olmadığını bilmiyor musun, git babana göster karneni." dedi.

Babam karneme şöyle bir baktı, gülümseyerek "Çok iyiymiş." dedi. Elini cebine attı. Demir bir lira uzattı. Al bu senin.

- Dedem beş lira verdi.

- Ben de vereceğim ama koyunları satınca.

Babaanneme gösterdim ön tarafına baktı, hiçbir şey anlamadı.

- Yanlışın var mı?

Babaannem "zayıf" yerine "yanlış" derdi.

- Yok.

- Ne yazıyor burada?

- Hepsi "pekiyi."

Sonra karnenin arkasını çevirdi. Resmi gösterip,

- Bu Atatürk değil mi?

- Evet o, tanıyor musun?

- Onu tanımayan var mı?

- Onu gördün mü?

- Yooo görmedim çok duydum.

- Ne duydun ebe?

- Çok mu merak ettin?

- Evet.

- Gel öyleyse

Ebem beni, akşamları yattığı odaya götürdü. Dolabı açtı gözlerime inanamadım. İçinde neler vardı neler. Ayva, elma, portakal, kestane, leblebi şekeri, lokum, bisküvi ve iki halka da sucuk.

Benim sekiz amcam, iki de halam vardı. Babam en küçükleri olduğu için babaannem bizimle kalıyordu. Amcalarım şehre gittiklerinde babaanneme zaman zaman meyve ve çerez getiriyorlardı. Babaannem de onları dolabına koyuyor, azar azar yiyordu. Arada bir bize de birer dilim meyve düşüyordu.

Önce bir bez çıkardı. Köşelerini karşılıklı birleştirerek bağlamıştı. Düğümleri açtı, normal bir mendil kadardı. İçinden demir ve buruşuk bir kaç kâğıt para çıktı. Kâğıt bir beş lira alıp bana uzattı.

- Al bu senin.

Gözlerim kocaman oldu sanki. Sonra da lokum sandığından bir kaç lokum ve yanındaki kutudan biraz bisküvi aldı.

- Haydi, kıstırma yap da yiyelim.

Çocukluğumdan hatırladığım güzelliklerden biriydi kıstırma. Önce bir lokumu alırsın onu kenarlarından biraz çekerek inceltirsin ve onu bir bisküvinin üstüne koyarsın. Sonra lokumun üstüne bir bisküvi daha koydun mu al sana kıstırma. Yani iki bisküvinin arasına bir lokumu kıstır ve ye, ne kadar da lezzetli olurdu bir bilsen.

Sen hiç kıstırma yedin mi?

Babaannemle kuzine sobasının arkasına oturduk.

- Atatürk'ü anlatacaktın ebe.

- Anlatacağım, dur önce bir namazımı kılayım, ondan sonra anlatayım.

Babaannemin namazı uzun sürerdi. Onu beklerken sobanın sıcaklığının etkisiyle minderin üstünde uyuyakalmışım.

BABAMIN AŞK MEKTUBU

Kış akşamları evlerde muhabbet çok iyi oluyordu. Televizyon olmadığı için millet birbirine oturmaya gidiyordu. Gaz lambası odanın başköşesine asılırdı. Erkekler ve delikanlılar genellikle camiye, oradan da kahvehaneye giderlerdi. Kadınlar arasında koyu bir sohbet başlardı. Herkes konuşur kimse kimseyi dinlemez ama yine de iyi anlaşırlardı ya da birbirini anlıyormuş gibi yaparlardı.

Çocuklar da divanın ayakucuna, kapı ağzına, sobaya yakın bir yere oturup kendi aralarında oynarlardı. Bir ara laf okuldan ve öğretmenlerden açıldı. O akşam Aynurlar da bizdeydi kulak kabarttım ve baktım kendi öğrenciliklerinden bahsediyorlar. Daha dikkatli dinlemeye başladım.

- Anne Savaş Öğretmen sizi de dövüyor muydu?

- Çoook.

- Çok mu dövüyordu?

- Evet.

- Nasıl dövüyordu?

- Zincirle.

- Savaş Öğretmen babamı da dövmüş mü?

- Dövmüş tabi.

- Seni de dövdü mü?

- Hem de çok dövdü.

- Anlatsana anne.

Annemin, babamın, yengelerimin, amcalarımın çocukluğunu çok merak etmiştim.

- Baban üçüncü sınıfa gidiyormuş. Hamit Amcanın kardeşi Hamide'ye âşık olmuş. Bir gün ona bir mektup yazmış, yani aşk mektubu.

- Neler yazmış?

- Ne bileyim bilmiyorum.

Dudu yengem lafa karıştı:

- Ben biliyorum.

- Ne varmış mektupta.

- Baban demiş ki: Seni civcivlere yem verirken gördüm, ne güzel gülüyordun, civcivler sana doğru koştuğunda ben de koşmak istedim. Annen ambarın önünde oturuyordu, korkumdan gelemedim. Koyun sürerken, tezek toplarken hep seni düşünüyorum. Büyüdüğüm zaman seni alacağım, seninle evleneceğim, sana en güzel çiçekli basmalar, bembeyaz tülbentler ve rengârenk orlonlar alacağım.

Dudu Yengem bunları anlatırken odada bir kahkaha koptu. Hepimize komik gelmişti. Merak edip sordum.

- Sonra ne olmuş?

- Baban mektubu gizlice Hamide'nin çantasına koymuş. Hamide mektubu okuyunca kimse görmesin diye saklamak için götürüp yüklükte bir yorganın arasına sıkıştırmış. Misafir geldiği bir gün annesi yorganı açınca mektup düşmüş. Kendisi okuma bilmediği için götürüp babasına vermiş. Babası önce Hamide'yi dövmüş, ertesi gün de gelip Savaş Öğretmene anlatmış.

Aynur dayanamayıp lafa karıştı.

- Ay ne heyecanlı sonra ne olmuş?

Halam Aynur'a bakıp "Ne o kız, çok mu merak ettin?" dedi.

Aynur biraz utandı. Ben de yan gözle bakıp onu gıcık edecek şekilde güldüm. Yengem devam etti anlatmaya.

- Savaş Öğretmen teneffüs zamanı babanı sınıfın kapısına dikmiş. Sınıfa demiş ki, "Dışarı çıkarken hepiniz bu terbiyesizin yüzüne tüküreceksiniz. Tükürmeyen olursa ne yapacağımı bilirsiniz."

Korkudan herkes babanın yüzüne tükürüp çıkmış.

Zavallı çocuk nasıl da utanıp rezil olmuş. O günden sonra da bir daha kimseye sevgi göstermemiş, sevgisini hep içinde saklamış. İçine kapanıp gitmiş.

Yengemin anlattıklarıyla Savaş Öğretmen gözümde daha ürkütücü bir hale gelmişti o akşam.

O zamana kadar hep dinleyici konumunda kalan Güllü yengem başladı konuşmaya.

- Daha kötüsü de oldu biliyor musunuz?

- Ne oldu?

- Bizim herifle Süleyman aynı sınıftalarmış. Bir gün kavga etmişler Savaş Öğretmen de Süleyman'ı bodruma kapatmış. Kimseye de söylememiş bodruma kapattığını. İkindi üzeri paydos olmuş, herkes evine dağılmış. Süleyman yok, akşam olmuş yok. Aramaya başlamışlar. Herkes köyün bir tarafına yayılmış, tarlalara doğru dağılmışlar yok. Çobanlara sormuşlar yok. Birisi demiş ki "Yahu bir de Savaş Öğretmene soralım." Daha "Süleyman" der demez Savaş Öğretmen "Eyvah!" deyip okula koşmuş. Millet de arkasından, bodrumu bir de açıyorlar ki ne görsünler: Süleyman korkudan bayılmış, kulağını da fare ısırmış.

Uzun süre geceleri uykusunda sayıklamış Süleyman. Bazen sıçrayarak uyandığı olmuş. Ondan sonra adı Deli Süleyman'a çıkmış.

Büyükler konuştukça içimdeki okul ve öğretmen korkusu gittikçe büyüyordu. İkinci dönemde okula gitmemek için çareler aramaya başladım. Öğretmen kelimesini duyar duymaz içimi bir ürperti kaplıyordu.

DEMİR SOPA

Şubat tatilinde çok kar yağdı. Günlerce avludan dışarı çıkamadık. Evden 50 metre uzakta olan tuvalete gidebilmek için babam karları temizleyip yol açmıştı. O yoldan geçerken tünel gibi gelirdi, çünkü yağan karın kalınlığı boyum kadardı.

Karın çokluğu sebebiyle tatil bir hafta daha uzatıldı. Nasıl sevindim bilemezsin. İkinci dönem başladığında yine isteksiz, yine korkarak, yine çekinerek gidiyordum okula.

Savaş Öğretmenin merhametsizliği ikinci dönemde de devam ediyordu. En ufak bir yanlışımızda bize bağırıyor, hakaret ediyor ve feci dövüyordu. Geç kalma korkusuyla sınıfa erkenden gelir, öğretmeni beklerdik. Sınıfın penceresinden evleri görünürdü. Camın önüne oturur, evlerine doğru bakardık. Evden çıktığında kavaklığa doğru yürürse, içimize bir korku düşerdi, çünkü 70 cm uzunluğundaki meşhur çubuğunu keser ve okula onunla gelirdi. Kavaklığa uğramazsa, korkumuz biraz daha azalırdı.

Bir gün tahtaya birkaç tane toplama işlemi yazdı. Yazdığı işlemler biraz zordu. "Kim tahtaya gelecek?" dedi. Parmak kaldıran yok. Sesini sertleştirerek bir daha bağırdı: "Kim geleceeek?" Yine ses yok. Rastgele iki kişiyi kaldırdı, onlar da korkudan işlemi yapamadılar. İkisinin de kulaklarından tutup kafalarını önce tahtaya çarptı, sonra "Hımm, bu saksılar bayağı da sağlammış." deyip birbirine çarptı. "Geçin yerlerinize!" diye bağırdı. Sonra, masasına yöneldi.

Kavaklıktan kestiği kâbusumuz olan çubuk yerinde yoktu. Sobayı karıştırdığı demiri aldı. "Kalkın ayağa!" diye bağırdı ve sıra dayağı atmaya başladı.

Sınıftaki masalarımız ahşaptandı. Yıllardır kullanıldığı için eskimişti. Tahtalara çivi çakıla çakıla iyice yıpranmıştı. Ben ayaktayken masanın boyu göğsümün hizasına geliyordu.

Savaş Öğretmen her vurduğunda önce ele çarpan demirin çıkardığı ses duyuluyor, ardından minik bir ağızdan çıkan inlemeyle karışık "Ahh, uyyy, anaammm, uff yandıım!" sesleri sınıfı kaplıyordu. Sıra bana doğru yaklaşırken, kalbim güm güm atıyordu. Aynur ile göz göze geldik. İkimiz de minik gözlerimizde kocaman bir korkunun izlerini taşıyorduk. "Elini kaldır!" diye bağırdı. Elimi kaldırıp masanın üzerine uzattım. Boyum küçük olduğu için, uzattığım elimle masa arasında bir karıştan daha az bir mesafe vardı. Çok korkuyordum. Çaresizce yüzüne baktım. Merhametten, şefkatten ve vicdandan eser yoktu. İnilti halinde bir sesle, "Öğretmenim, vurmayın." dedim.

Duydu mu, duymadı mı bilmiyorum.

Demir çubukla elime öyle hızlı vurdu ki, avcumun içine gelen şiddetin etkisiyle, elimin dışı sertçe tahta masaya çarptı ve tekrar havalandı.

Yani elimin hem içi dayak yemişti, hem de dışı...

O akşam elim çok sızladı. Avcumun içi demirin kalınlığı kadar kızarmış, yer yer morarmıştı. Bir süre sonra, avcumdaki morlukların izi geçti.

Yüreğimdeki morlukların izi ne zaman geçecekti ve ruhumdaki yaraların izi ne zaman silinecekti bilmiyorum.

KARDAN ÖKÜZ

Bir gün Savaş Öğretmen dedi ki, "Haydi şimdi dışarı çıkın ve kardan adam yapın."

Sevinçle çıktık, üçerli-beşerli gruplar oluşturduk. Herkes kardan adam yapmak için uğraşırken benim aklıma başka bir şey geldi. Bizim grupta Hüsne, Mehmet ve Orhan vardı. Dedim ki, haydi biz başka bir şey yapalım. Hüsne merakla sordu:

- Ne yapalım?

- Kardan öküz.

- Kardan öküz mü?

- Evet.

- Olmaz.

- Olmaz mı, niye?

- Öğretmen kızar.

- Yahu niye kızsın, belki de değişik bir şey yaptığımız için, aferin bile der.

- İyi o zaman.

Başladık, öküz yapmak için uğraştık. Sadece sırtı benzedi. Ayaklarını yapamadık.

Sonra öğretmen geldi, herkesin yaptığını beğendi. Bizim gruba dönüp "Ne o icat mı çıkarıyorsunuz?" deyince hevesimiz kırıldı. Hüsne kulağıma yavaşça, "Ben sana demedim mi öğretmen kızar diye."

Öğretmen bağırıp çağırmadı ama hevesimizi kırdı işte.

Sınıfa girerken Aynur yaklaştı yanıma:

- Senin yaptığına bakınca ne gördüm biliyor musun?

- Ne gördün?

- Senin geleceğini

- Nasıl yani?

- Öküz sana benzemiş de...

Sinirden yere eğilip biraz kar aldım kartopu yaptım ve yapıştırdım Aynur'un kafasına.

Kayak yapmak istiyorduk ama kızağımız yoktu.

"Ne yapalım, ne yapalım." diye düşünürken, Kahraman bir çözüm buldu. Zirai Donatım Kurumu'nun gübre torbaları kalın naylondandı. Bir torbanın içine saman doldurduk, ucuna da bir ip bağladık. Torbayı tepeye kadar götürüyor, orada üstüne oturuyorduk. Karın üstünde yokuş aşağı kayması öyle zevkli oluyordu ki... Yokuşun bitimine doğru birisiyle çarpışıp karların içinde yuvarlanmak daha bir keyif veriyordu.

Bazen okula kendi üretimimiz olan yerli malı kızağımızla gidiyorduk. Kahraman torbanın üzerine oturduğu zaman, ben ipten tutup onu çekiyordum. Ben oturduğum zaman, O beni çekiyordu.

Bir gün, teneffüste yazdan kalan naylon ayakkabılarımızla buzun üstünde kayıyorduk. Bazılarımız çok hızlı kayıyordu, bazılarımız yavaş. Ben hızla kayarken dengemi kaybettim, kafa üstü düştüm. Burnumdan kan geldi. Öğretmenler merdivenin başında dikiliyorlardı. O an bir öğretmenimin yanıma gelerek, elimi tutup kaldırmasını o kadar çok istedim ki, gelmediler. Arkadaşlarım beni kaldırıp sınıfa götürdüler. Öğretmenin masasının arkasındaki duvarda asılı duran ecza dolabında tentürdiyot getirip burnuma sürdüler ve pamuk tıkadılar. Dersten çıktığımda baktım, beyaz karın üzerinde burnumdan akan kıpkırmızı kan izleri vardı.

OKULDAN KAÇMAYA DEVAM ETTİM

Nisan'da karlar eridi, ekinler yeşerdi, koyunlar kuzuladı, ağaçlar tomurcuklandı. Mayısta havalar iyice ısındı. Savaş Öğretmen yine her gün yeşil çubuklar getiriyordu. O çubuğu elinde görmek bile yetiyordu korkudan tir tir titrememize.

Okuldan iyice sıkılmıştım. Arada bir kaçıyordum.

Mayıs'ın ortalarında babam biçerdöverde çalışmak için Manisa'ya gitmişti. Evde babam olmayınca okuldan kaçmak biraz daha kolaylaşıyordu.

Bir gün yine okuldan kaçtım. Dedem yanına çağırdı. Bu defa elimi tutup bakkala değil, okula götürdü. Beni sınıfa soktu. Çok utanmıştım milletin önünde.

Ertesi gün yine okula gitmedim. Dedem eve gelmiş yokum. Şüphelenmiş okula bakmış, sınıfta da yokum. Aramış bulamamış, akşam bize tekrar geldi bana çok kızdı, bağırıp çağırdı. "Bir daha okula gitmezsen seni bu bastonumla döveceğim." dedi.

Dedemin hatırına mı desem, korkusuna mı desem bilmiyorum, bir kaç gün daha okula gittim ve yine kaçtım. Dedemin tepesi attı. Topal olduğu için beni yakalayamıyordu. Amcamın benden yedi yaş büyük oğlu Harun'a beni yakalattı. Elimden tuttu, beni sınıfın kapısına kadar götürdü. "Hadi gir içeri" dedi. "Tamam dede sen git, ben içeri girerim." dedim. "Olmaz." dedi. "Ben gidince yine kaçarsın." Girdim mecburiyetten.

Okulun son bir ayı benim için en büyük işkenceydi, çünkü anne-babamız bizi okula verirken "Eti senin, kemiği benim, ne yaparsan yap başım üstüne, yeter ki bunu okut." diyerek öğretmene teslim ediyorlardı. Öğretmeni asla ailemize şikâyet edemiyorduk. Bir keresinde babama öğretmenin beni dövdüğünü söyledim. "İyi etmiş, kim bilir ne yaramazlık yaptın da hak ettin o dayağı, öğretmen boşuna döver mi?" deyince okulda olanları anlatmaya bir daha cesaret edemedim.

Son bir aylık sürede dört-beş defa kaçtım okuldan ve dedem her seferinde Harun'a para vererek beni yakalattı ve sınıfa geri götürdü.

Nihayet karne günü geldi. O gün sınıflara girmedik. Bahçede oynadık. Hademe eline zili alıp merdivenlerin başında bağırdı, "Haydi herkes sınıfa."

Hepimiz sınıflara doluştuk. Karneleri bekliyorduk. Aynur bana dönüp "Bak bu sefer zayıfların olacak, çünkü sen hep okuldan kaçtın." Kalkıp üstüne yürüyecekken Savaş Öğretmen girdi içeri, elinde karnelerle ve ilk defa sopası yoktu.

Aynur'un söyledikleri içime bir şüphe düşürdü, gerçekten karnemde zayıf olacak mıydı?

Sırayla adımızı okumaya başladı. Adı okunan öğretmenin gidiyor, onun elini öpüyor ve karnesini alıyordu. Sıra bana yaklaştıkça içimdeki korku artıyordu. Adımı okudu, titreyerek yaklaştım. Elini öptüm ve karnemi aldım. Yerime geçtim. Aynur benim yanıma oturmuştu. Karnemi açıp bakamadım. Eğer zayıfım varsa bu kız yine benimle dalga geçerdi.

"İyi tatiller çocuklar."

Savaş Öğretmenden duyduğum en son söz buydu.

Sevinçle çıktık sınıftan. Aynur'dan uzaklaşınca karnemi açtım. "Aaaa hepsi yine "PEKİYİ" idi. Nasıl sevindim bir bilsen. O sevinçle dedeme koştum. Okumam için bana kremalı bisküvi, bon bon şeker ve oyuncak alan dedeme, elimden tutup beni okula kadar getiren dedeme, beni parayla tuttuğu gençlere yakalatıp sürükleye sürükleye sınıfın kapısına getiren Ali Osman dedeme...

BABAMI ÇOK ÖZLEDİM

Babam gideli bir ay olmuştu ve ben onu çok özlemiştim.

- Anne, babam ne zaman gelecek?

- Bilmem oradaki ekinlerin biçimi bitince gelir herhalde.

- Oradaki ekinler ne zaman biter?

- Bilmiyorum on gün sonra buradakiler biçilecek ya, belki bir haftaya kadar gelir.

Bir hafta daha babamı bekleyecektim.

Harman yerinde oynadığımız bir gün Harun geldi yanımıza. Bil bakalım sana ne diyeceğim?

- Ne diyeceksin?

- Baban geldi.

- Babam mı?

- Heee baban.

- Nerede?

- Bizim evdeler.

Oyunu bırakıp Harunlara doğru nasıl koştuğumu tahmin edebiliyor musun? Bir yandan tam 40 gündür görmediğim babama koşuyor, diğer yandan da hayal kuruyordum.

Şimdi beni görür, yere diz çöker, kollarını açar, ben kucağına atlayınca sarılıp ayağa kalkar, ayaklarımı yerden kesip beni etrafında çevirir. Ben de elini öperim çalışmaktan geldi ya, bana para verir, hatta elimi tutar ve beraber bakkala gideriz... Bekli Manisa'dan oyuncak bile getirmiştir. Çocuklara bağırdım: "Koşun lan koşun, babam gelmiş."

Ben, Celil ve Tahsin beraber koşuyorduk. En önde ben. Eee baba benim olunca onları geçiyordum.

Amcamların avluya girdik. İşte oradaydı babam. Babaannem, Veysel Amcam, Ömer Amcam, Nazmiye Halam, Dudu Yengem, İbrahim Amcam. Hepsi evin gölgesinde oturuyorlardı.

Otuz metre kala daha da hızlandım. Nefes nefese idim. 20 metre kala babam yüzünü öte döndü. Beş metre kala baktı ki hâlâ koşuyorum, yüzünü ekşitip iki elinin dışıyla

"Gelme lan, dur gelme, geri dönüp git." anlamında hareket yaptı.

Olduğum yerde kalakaldım. Babam kalkıp beni kucaklayacağı yerde, kovuyordu.

Durdum, geri döndüm. Ağlayarak uzaklaştım. Veysel Amcam babama kızdı, Dudu yengem niye kucaklamıyorsun çocuğu? diye çıkıştı. Babaannem "Gel buraya gel." diye çağırdı. Gitmedim, babam istemedikten sonra gerisinin ne önemi vardı.

Ben küçükken babaların, büyüklerin yanında çocuklarını sevmeleri ayıp karşılanırdı. Daha doğrusu anne-babalarda böyle bir anlayış vardı. Büyükler babalarının çocuklarını sevmelerine kızıyorlar mıydı bilmiyorum ama anne-babalar saygı adına çocuklarını kucaklamazlardı, adlarını söylemezlerdi, sarılıp öpmezlerdi, onlarla konuşmazlardı. İletişimleri kaş-göz hareketleriyle kurarlardı. Çoğu zaman da azarlamak veya oradan uzaklaştırmak için.

Babamın beni sevdiğini bildiğim halde o sevgiyi doya doya yaşayamadım, sevgi ve şefkatten mahrum büyüdüm.

Kimbilir bu durum ilerideki hayatımı nasıl etkileyecekti?

Babam, beni ancak kimse yokken öperdi, saçlarımı düzeltirdi. Bana dokunmasından çok hoşlanırdım.

Bir gün hastaymış gibi yaptım. Babaannem de yanımızda olduğu için babam yaklaşmadı. Akşamüzeri babaannem amcamlara gitti. Babam yanıma yaklaşıp elini alnıma koydu: "Başın mı ağrıyor?" diye sordu. Konuşmadım. Kaşlarımı "Hayır!" anlamında yukarı kaldırdım. Elini göğsüme koydu, yine kaşlarımı kaldırdım. Sonra karnıma, bacaklarıma, tekrar omzuma. Elini her koyduğu yerde bana bakıyor ve ben kaşlarımı kaldırıyordum.

Dokunması bana şifa gibi geliyordu. Ve ben tüm vücuduma dokunmasını istiyordum. Dokundu, okşadı. Sonunda anlamıştı oyun yaptığımı. Popoma bir şaplak atıp "Kalk lan eşek sıpası, sen hasta masta değilsin." dedi. Elimi tutup ayağa kaldırdı, sarıldı, sımsıkı, sımsıcak...

SÜNNETÇİ GELMİŞ

Bizim köyde yaz ayları özellikle de harman sonu, düğün ve sünnet zamanıydı.

Ben on yaşındaydım ve üçüncü sınıfa geçmiştim. Kahraman sekiz yaşındaydı ve ikinci sınıfa geçmişti. Rafet altı yaşındaydı ve okula gitmiyordu.

Babaannem çocukları ne zaman sünnet ettireceksin diye babamı sıkıştırıp duruyordu. Sünnet düğünü yapacak kadar maddi durumumuz yoktu. Babam amcamın çocuklarıyla aynı zamana denk getirirse daha uygun olacağını söylüyordu.

İbrahim Amcam muhtardı. Beş kızı ve bir oğlu vardı. Oğlu Tahsin benden bir yaş büyüktü ve o benden bir yıl önce okula başlamıştı. İbrahim Amcam, babama ve diğer amcalarıma göre zengin sayılırdı. Ağustos ayında Tahsin'in sünnet düğünü vardı. Babam anneme dedi ki, "Sünnetçi gelmişken biz de çocukları kestirelim, aradan çıksın."

"Kestirelim." lafını duyunca çok korktum tabi ki "Ben sünnet olmayacağım." diye ağladım.

Annem dedi ki "Bak sünnet olana para takarlar, üçünüzün de çok parası olur."

"Kestirelim." sözünden korkan ben "Para takarlar." sözüne sevinmiştim. Vay be, demek çok paramız olacaktı.

Üç kardeş de korkuyorduk. Ben büyük olduğum için korkmuyormuş gibi durdum. Kahraman kaçıp saklandı. Bir saatlik bir aramadan sonra pancar tarlasının içinde yakalandı. Onu kucağında getiren dayım: "Ne biçim Kahramansın oğlum. Adın Kahraman ama sen korkup kaçıyorsun, bu ne iş?" demişti gülerek.

Tahsin'in sünnet elbisesi vardı bizim yoktu, onun sünnet düğünü yemekli olduğu için tüm köylü oradaydı, bizimki o kadar kalabalık değildi. Onlar zengin olduğu için önce onun sünneti yapıldı, sonra bizimki. Onun paraları simli ve süslü sünnet şapkasının içine konuluyordu, bizimki lokum kutusuna. Onun tek başına 2500 lirası birikmişti, bizim üç kardeşin toplam 800 liramız birikmişti.

Paralarımızı babam aldı. "Şehre gidip bununla size yeni eşyalar alacağım." deyince sesimizi çıkaramadık.

OKULA GİTMEK İSTEMİYORUM

Eylül ayı geldi okulun açılma zamanı yaklaştıkça benim korkularım artıyordu. Ne yapıp etsem de okula gitmesem diye çareler arıyordum.

Bir akşam sofrada otururken,

- Baba bu sene kuzuları ben gütsem olur mu?

- Olur mu oğlum sen daha küçüksün.

- Ne küçüğü baba büyüdüm artık. Hem bir kere çobanla beraber gittik. Bana dedi ki "Sen kuzuları çok iyi güdüyorsun."

- Olmaz oğlum olmaz.

- Ya baba niye olmasın?

- Hem daha okula gidiyorsun?

- Okula bu sene gitmesem de seneye gitsem daha iyi olur.

- Niyeymiş o?

- Daha iyi olur işte.

- Hayır, okula gideceksin.

Babamın kararlı sözleri karşısında sustum. Babaanneme gittim.

- Ebe bu sene senin suyunu, tezeğini, kömürünü ben getireyim mi?

- Getir oğlum çok dua ederim sana. Her gün okuldan gelince unutma, önce suyumu, sonra da kömürümü getir.

- Okuldan gelince mi?

Ne yapsam boştu okula göndereceklerdi. Son bir umut dedeme gittim.

- Dede, ben okula niye gidiyorum?

Dedem pencerenin yanındaki tabakta duran kayısı çekirdeğini eline aldı.

- Bunu görüyor musun?

- Hee, görüyorum.

Sonra da bahçedeki kayısı ağacını gösterdi.

- Şu kayısı ağacını da görüyor musun?

- Hee, onu da görüyorum.

- Şimdi sen bu çekirdeksin. Okula gidersen okuyup kocaman bir adam olacaksın. Memur olacaksın, maaş alacaksın. Bizim gibi yoksulluk çekmeyceceksin. Bedava muayene olacaksın. Ameliyat olacağında benim gibi tarlanı, koyununu, ineğini satmak mecburiyetinde olmayacaksın. Kravat takacaksın, sana "Bey!" diyecekler. Köyde değil de şehirde yaşayacaksın.

- Bunlar okula gitmeden olmaz mı dede?

- Olmaz. Bak şu ağaca çekirdeğini toprağa diktik, büyüdü kocaman oldu. Bir de elimdekine bak toprakta değil tabakta durdu. Kuruyup gitti. Sen de okula gidersen şu ağaç gibi büyürsün, gitmeyip evde kalırsan bu çekirdek gibi kaybolup gidersin.

Anlaşılan dedemden de ümit yoktu.

YENİ AYAKKABI

İlkokul üçüncü sınıfına başlayacağımız Eylül ayıydı. Babam bizi yanına çağırdı. Ben, Kahraman ve daha okula başlamayan altı yaşındaki kardeşim Rafet.

Bizi odanın ortasında yan yana dizdi. Üç tane kâğıt çıkardı. Yere koydu. Bana dönüp "Bas bakalım kâğıdın ortasına." diyerek cebinden bir kalem çıkartıp ayağımızın ölçüsünü kâğıda çizdi. Kâğıdın arkasına adımı yazdı. Aynı işlemi Kahraman ve Rafet için de yaptı. Sonra elindeki iple belimizden topuğumuza boyumuzun ölçüsünü aldı. Ayağımızı çizdiği kâğıtların arkasına bacaklarımızın uzunluğunu da yazdı. Sonra dedi ki "Bilin bakalım ben ne yapacağım?" Bilemedik. Annem dedi ki "Babanız yarın şehre gidiyor." Sevinçten havalara zıpladık, çünkü babam bize ayakkabı ve pantolon getirecekti. Yaptığı işlemlerin adı "ölçü almak"tı.

Bizim evde dört tane döşek vardı bunların birinde babaannem, birinde annem ve babam yatardı. Birinde de dört kardeş yatardık. Kız kardeşim daha üç yaşındaydı.

Annem döşeği serer, yastıkları döşeğin kısa tarafına değil uzun tarafına koyardı. Dört kardeş aynı yatakta yan yana yatardık aynı döşekte.

O akşam uyuyamadık sevinçten. Ayakkabıların ve pantolonların hayalini kuruyorduk. Konuştuk kendi aramızda. Annem bir ara konuşmalarımıza sinirlenip "Uyusanıza oğlum, babanız yarın erken kalkacak." diye bağırdı.

Gözümü kapattığımda uyku değil, yarın gelecek pantolon ve ayakkabı geliyordu gözümün önüne. Yarın olur muydu ve yarın akşam gelir miydi?

Off...

Sabah uyandığımda babam gitmişti.

O zaman bizim köyde 14 kişilik bir minibüs vardı. Hafta içi her gün sabah saat sekizde ilçeye gider, akşama doğru saat dörtte köye gelirdi. Yaklaştığını haber vermek için köye bir kilometre kala kornaya basardı. Biz köy meydanında toplanıp minibüsün gelmesini beklerdik.

Minibüs bizim için köyün dışına açılan bir kapı demekti, yenilik demekti, yeni haberler demekti. Tek tük de olsa durumu iyi olan köylüler ya da öğretmenler gazete getirirlerdi. Minibüsü bekleyenlerin arasından meraklı biri gazeteyi görür görmez eline alıp orada açar, göz atardı. Biz çocuklar da, boyumuz küçük olduğu için, büyüklerin elinde tuttuğu gazetenin ancak altından bakabilirdik. Küçük yazıları okuyamazdık ancak resimleri görürdük. Bu, bizim şehirle ilgili merakımızı daha da artırırdı.

O gün amcamın çocuklarına, babamın getireceği pantolon ve ayakkabının hayalini anlattım akşama kadar. Onlar da heyecanlandılar. Heyecanımızdan yerimizde duramıyorduk. Rafet dedi ki "Bugün korna sesini beklemeyelim, köyün dışına çıkıp minibüsü orada karşılayalım."

Saat üçte köyün dışına çıkıp küçük tepenin üstünde beklemeye başladık. İlçenin köye uzaklığı 45 kilometreydi. İlçemizin yanındaki dağların sivri ucu bizim köyden görünürdü.

"Şimdiye yola çıkmışlardır." dedi Rafet. Vakit geçmek bilmiyordu. Acaba pantolonum kadife mi, kumaş mı olacaktı? Ya ayakkabım? Ankara lastiği mi, çıtçıtlı naylon ayakkabı mı, yoksa iskarpin mi?

Çocuklara dönüp "Acaba babam bize iskarpin alır mı?" diye sordum.

- İskarpin mi?

- Evet.

- Almaz.

- Neden?

- Alamaz da ondan. İskarpin pahalıdır. Hem onu zenginler giyebilir. Baban nasıl alsın, o kadar çok parası yok.

İskarpinle ilgili hevesim biraz kırıldı ama ben yine de umutluydum.

"Aha!" dedi Cemil, "Minibüs geliyor." Uzaktan bir araç arkasında yoğun bir toz bulutu oluşturarak bize doğru geliyordu. Kalbim daha hızlı atmaya başladı. Araba yaklaştıkça heyecanım artıyordu. Görüş mesafesine girdiğinde hayal kırıklığına uğradım. Gelen, köyün minibüsü değil, hayvan alıp satan bir cambazın pikabıydı.

On dakika sonra minibüs göründü. Arkasında bir toz bulutu oluşturarak yaklaşıyordu. Bize bir kilometre kala o meşhur kornasını çaldı. Yolun kenarına dizildik durmadı, yanımızdan geçip gitti. Tüm çocuklar var gücümüzle arkasından koşmaya başladık. Minibüsün kaldırdığı tozları yuttuğumuza aldırış etmeden bir an önce yetişmek için koşuyorduk.

Minibüs köy meydanında durdu. Nefes nefese kalan biz de durduk tabii ki. Minibüstekiler sırayla inmeye başladı. Babam da indi. Bir baktım ki elinde iki ekmekten başka hiçbir şey yok. "Eşyalar nerede?" dedim endişeyle. Babam gayet rahat "Ne eşyası?" deyiverdi. "Pantolon, ayakkabı" dediğimde sesim titriyordu. Babam "Bugün dükkânlar kapalıydı, hiç bir şey alamadım." dedi.

Öylece kalakaldım. Hevesim kursağımda kalmıştı. Minibüsün muavini arka bagaj kapağını açtı. "Herkes eşyalarını alsın." diye bağırdı. Babam minibüsün arkasına yürürken bize dönüp "Gelin buraya." dedi. Bir sepet, bir file, bir pazar çantası vardı. Bir de paket. Hafif olanları bize verdi, ağır olanları kendisi aldı. Bir an önce eve varıp pantolonumu görmek istiyordum.

Paketleri açtık. Pantolonum kadifeydi. Benimki kahverengi, kardeşiminki gri. Sonra ayakkabı paketleri açıldı. Bana siyah renkli Ankara Lastiği, kardeşime çıtçıtlı yeşil renkli naylon ayakkabı. Pantolonum bir karış uzundu. Babam "Annen paçalarını içine kıvırsın her sene biraz açar, böylece birkaç sene giyersin." dedi. Ayakkabılarım da iki numara büyüktü. Annem "İyi olmuş bunları seneye de giyersin." dedi.

Küçük bir paket daha vardı. Onu da açtık içinden iki defter, iki kalem, iki kalemtıraş ve iki silgi çıktı.

Hepimiz çok mutlu ve sevinçliydik.

Bir kişi hariç.

Altı yaşına yeni giren ve henüz okula başlamayan kardeşim Rafet.

Babam ona hiç bir şey almamıştı.

- Hani bana?

- Sana göre bulamadım, bir dahaki sefere de sana alacağım.

- Bana ne, ben şimdi istiyorum.

Rafet ağlamaya başladı. Annemle babam ne kadar onu teselli etmeye çalışsalar da gözyaşları dinmedi, küsüp dışarı çıktı.

Akşam sofraya oturduğumuzda hepimizde bir burukluk vardı. Kimse konuşmuyordu. Rafet'in zaman zaman içini çekmesinden başka bir ses yoktu.

Dört kardeş o akşam yine aynı yatağa girdiğimizde burukluğumuz devam ediyordu. Kardeşlerim hemen uyudular. Benim uykum gelmedi.

Annemle babam hepimizin uyumuş olacağını düşünüp sohbet etmeye başladılar.

- Rafet'e de bir pantolon ya da ayakkabı alsaydın çok iyi olacaktı.

- İstemez miyim almayı, param yetişmedi.

- Ucuz bir şey baksaydın.

- Zaten bu aldıklarımı da sergiciden aldım.

- Üzüldüm yavruma.

- Ben üzülmedim mi?

- Ne yapacağız?

- Sen ona yine iyi kötü bir don dik. Şimdilik onunla idare etsin, seneye Kahraman biraz büyür. Onun pantolonunu Rafet'e veririz.

OKULA MELEK GELDİ

Babamın yeni aldığı kadife pantolon, lastik ayakkabı ve siyah önlüğü giydim, beyaz yakalığımı taktım. Okul eşyalarımı yeni çantama koydum. Çerçi Ahmet'ten bir de naylon gözlük almıştım, onu da taktım. Savaş Öğretmenden korkuyor olsam da yeni kıyafetlerimle okula öyle bir havalı gittim ki görecektin. Sanki herkes bana bakıyordu.

Aynur benden önce gitmiş okula. Beni görünce "Vay be bizim sidikliye bak pek de havalanmış." Benim tüm karizmam yerle bir oldu, havam söndü.

Andımızı ve İstiklâl Marşı'mızı söyleyip sınıflara girdik. İşte o an benim için kâbus dolu dakikalar başladı. Geçen sene azar işitip dayak yediğim için okuldan kaçtığım öğretmen birazdan yine gelecekti. Kim bilir beni nasıl azarlar, dayaklar, çubuklar ve zincirler bekliyordu. Ve Aynur'dan neler çekecektim. Dakikalar geçmek bilmiyordu, şimdiden oflayıp puflamaya başlamıştım bile.

Yaklaşık 10 dakika geçmişti ki sınıfa yabancı bir abla girdi. Üzerinde siyah bir ceket ve kareli bir etek vardı. Öğretmen masasının yanına gelip durdu. Sınıfa döndü.

- Çocuklar.

Sınıftaki gürültü birden kesildi.

- Çocuklar günaydın, ben sizin yeni öğretmeninizim.

Birden nefesim kesildi sandım. "Ye.. ye.. yeni öğretmenimiz mi?" diye kekelemişim.

Durumun şokunu bir süre üzerimden atamadım. O an içimde neler yaşadığımı şimdi düşünüyorum da tarif edemiyorum.

Sonra sınıfta dolaşmaya başladı. Tek tek hepimizin, gözlerine baktı. Duvardaki resimleri inceledikten sonra tekrar öğretmen masasına geçti.

- Çocuklar benim adım Melek. Buraya Afyon'dan geldim. Bu sene sizin sınıfı ben okutacağım.

- Savaş Öğretmenimiz gelmeyecek mi, diye sordu Enver.

- Gelmeyecek, emekli olmuş.

O an içimi nasıl bir sevinç kapladı anlatamam.

Sonra Öğretmen bizi boy sırasına göre oturttu. Kızlar bir tarafa, erkekler bir tarafa. Aynur'u tam benim yanımdaki sıraya oturttu. Ben ondan kaçmak isterken öğretmen onu gözümün önüne çaktı sanki.

O günün nasıl geçtiğini hatırlamıyorum. Savaş Öğretmenden kurtulmanın sevinciyle sanki içimdeki tüm korkular, kaygılar, tedirginlikler azalmıştı ve ben biraz rahatlamıştım.

Okuldan çıkınca koşa koşa eve geldim.

- Anne bugün bizim sınıfa Melek geldi.

- Hangisi, Azrail mi, Cebrail mi?

Annemin keyfi yerindeydi.

- Anne ne Azrail'i ya, öğretmen geldi, yeni öğretmen, Melek, onun adı.

- Hımm, şimdi anladım bu kadar çok sevinmenin sebebini. Savaş Öğretmene ne olmuş, gelmiyor mu?

- Emekli olmuş.

İkinci gün erkenden kalktım. Okula giderken artık korkmuyordum. Melek Öğretmen dayak atacak kadar sert birine benzemiyordu. Doğrusu bize nasıl davranacağını merak ediyordum.

Savaş Öğretmenin azarından, dayağından ve bağırıp bizi korkutmalarından sonra Melek Öğretmen bize "gerçek bir melek" gibi gelmişti. Alışmamız zor olmadı. Tüm sınıfta bir rahatlama oluştu. Okuldan kaytarmalar azaldı.

Bir kaç gün sonra öğretmen adımı sordu.

- Metin, öğretmenim. Metin Yıldız.

- Senin ne güzel gözlerin var.

Şaşırdım, heyecandan elim dilim dolaştı.

- Gözlerim mi, benim mi, güzel mi?

- Evet, çok güzel.

Hayatımda ilk defa biri beni övüyor ve gözlerimin güzel olduğunu söylüyordu. Daha önce böyle bir övgü almadığım için ne diyeceğimi bilemedim. Diyemedim de zaten. Sonra dedi ki;

- Sen çok zekisin.

- Ben mi zekiyim?

- Evet.

İçimde bir şeyler kıpır kıpır oluyordu.

Yine bir gün beni tahtaya kaldırdı. Konuyla ilgili sorular sordu. Hepsini bildim. Sınıfa dönüp;

- Çocuklar Metin arkadaşınız ne güzel çalışmış, soruların hepsinin doğru cevabını bildi. Aferin sana. Sonra ellerini uzattı, yanaklarımı avuçlarının içine aldı, gözlerime bakıp;

- Sen geceleri gökyüzüne bakıyor musun?

- Evet, öğretmenim, gece babamla koyunlara yem vermeye giderken bakıyorum.

- Ne görüyorsun?

- Yıldızları.

- Bugün bir daha bak tamam mı?

- Tamam öğretmenim.

- Göreceğin en parlak yıldız var ya işte sen aynen onun gibisin.

Kızardım, mahcup oldum. Öğretmenimin sözleri içimde bir şeyleri coşturuyordu.

İki yıl önce Savaş Öğretmen tarafından bu tahtanın önünde öldürülen merakım, öğrenme hevesim, kendime güvenim, Melek Öğretmenin yüreğinden gelen sözleriyle, şefkatiyle ve sevgisiyle yeniden diriliyordu. İçinde hapsolduğum korku mezarının kapağı yeniden açılıyordu sanki. Melek Öğretmen beni o mezardan çıkarmak için ellerini uzatıyordu. İçimde iyi, güzel olan her varsa kıpırdamaya başlamıştı.

Melek Öğretmen devam etti:

- Bundan sonra daha iyi çalış. Yıldızını daha da parlat. Yani kafanı daha çok çalıştır. Biliyorum sen çalışırsın. Haydi, göreyim seni. Şimdi geç yerine...

Tahtadan yerime oturuncaya kadar geçen süre boyunca yaşadığım sevincin hiç bitmemesini istedim.

Yerime oturdum, terlemiştim. Aynur geriye dönüp "Vay be, bizim sidiklide bayağı bir iş varmış." demez mi. "Kıskanç! Çekemiyor işte." dedim içimden.

O gün okuldan çıktığımda eve doğru sevinçle koşmaya başladım. Bu sefer kaçmak için değil sevincimi annemle babama anlatmak için uçuyordum adeta. Kahraman arkamdan yetişemiyordu bile. Kahvehanenin önünden geçerken dedem gördü.

- Ne o Metin, yine okuldan mı kaçıyorsun?

- Yok dede kaçmıyorum valla!

- Doğru söyle!

- Kaçmıyorum dede, bundan sonra okuldan artık hiç kaçmayacağım.

- Hayırdır, ne oldu?

- Okulu çok seviyorum.

- Ne oldu oğlum, hangi dağda kurt öldü de okulu böyle çok sevmeye başladın?

- Öğretmenimiz değişti

- Hımmm.

- Savaş gelmiyor artık değil mi?

- Gelmiyor dede. Melek Öğretmen geliyor.

- Şu yeni gelen genç kız mı?

- Hee, o.

- Helal olsun ona, demek okulu bu kadar çok sevdirdi. Yani sen bundan sonra okuldan kaçmayacaksın!

- Kaçmayacağım!

- Gel öyleyse.

Dedem yine elimden tuttu, bakkala doğru yürümeye başlayınca pek sevindim. İçeri girdik.

- Ali, bak oğluma, ne istiyorsa ondan ver.

O kadar çok çeşit vardı ki seçemedim.

- Sen en iyisi kremalı bisküvi ver ve yanına bir de gazoz aç.

Çok keyifli içtim, çünkü gazoz içmek pek havalıydı.

GOFRET

Tahsin gofret yiyordu. Daha önce hiç gofret yememiştim. "Ucundan biraz ısırayım mı?" dedim. Uzattı. "Çok ısırma." dedi. "Zaten az."

Isırdım. Çok tatlıydı. Bakkalın önüne geldim. Camdan baktım. Gofret kutusu o kadar güzel görünüyordu ki, sanki "Ye beni ye." diyordu.

Eve koştum.

- Baba bana para ver.

- Ne parası oğlum?

- Gofret alacağım.

- Gofret de nereden çıktı?

- Dükkâncı getirmiş, orada duruyor.

- Bende para yok.

Okuldan gelirken bakkalın penceresinin önünde durup gofrete bakardım. Babam bunu görmüş.

- Canın çok mu istiyor gofret yemeyi?

- Heee.

- Bende de para yok, ne yapacağız?

- ...

- Sen en iyisi git anana söyle, yumurta versin onunla al.

- Yumurta mı?

- Evet.

- Bir yumurtaya bir sürü gofret yapar.

Yumurtayla gofret almak o güne kadar aklıma hiç gelmemişti.

Yumurta bizim köyde hazineydi. Tavuk, Ziraat Bankası gibi bir şey. Tavuğun kıçı da bankamatikti.

Çocukluğumun bir süresi gofret alabilmek için kümesin kapısında tavuğun kıçını bekleyerek geçti.

RAFET YENİ PANTOLONUMU İSTEDİ

Bir akşam Rafet bana dedi ki:

- Bunlar sana çok yakışıyor, pantolonunu bir kere giysem olur mu?

- Olmaz.

- Niye?

- Kirletirsin, toz olur.

- Bir kere giyeyim ne olur.

- Olmaz dedim ya.

Rafet, birkaç akşam ısrarla pantolonumu giymek istedi. "Zaten bir tane pantolonum var. Bunu da sana verirsem çiçekli kız donuyla mı okula gideceğim." deyip vermedim.

Perşembe akşamıydı. Rafet pantolonumu bir kere daha isteyince dayanamadım. "Tamam, yarın okuldan geleyim, giymene izin vereceğim." dedim. Çok sevindi.

Cuma sabahı kahvaltıya Rafet de kalktı.

- Caymadın değil mi, bugün okuldan gelince pantolonu giymeme izin vereceksin.

Tamam deyip okula gittim.

Üçüncü derste okul müdürü gelip sınıfa girdi. Öğretmenimin kulağına fısıltı halinde bir şeyler söyledi. Öğretmenim bana bakıp "Metin eve gider misin, baban seni bekliyormuş."

Çok şaşırdım. Babam niye beni beklesin ki? Kimseye bir şey sormadan eve doğru yola çıktım. "Kesin bu Rafet pantolonu erken giymek için babama ısrar etmiştir, babam da beni bu yüzden çağırmıştır." diye düşündüm kendi kendime.

Eve yaklaştım. Avludaki kalabalığa bir anlam veremedim önce. Amcalarım, dayılarım, teyzelerim ve neredeyse tüm köylü bizdeydi. Dedem dizlerine vurup ağlıyordu. Annemin yürekleri yakan feryadıyla kafam daha da karıştı:

Yavruuuuum, oğluuuum, Rafeeeetiiim, yaralı kuzuuuuum.

Dayım yaklaştı yanıma. Elimi tuttu ve "Allah Rafet'i yanına çağırdı. Bir melek geldi onu alıp Allah'ın cennetine götürdü." dedi.

- Nasıl yani, diye sordum titreyen sesimle

- Rafet öldü.

- Öldü mü?

- Evet.

- Ama o hasta değil ki. Daha sabah beraber kahvaltı yaptık.

- Siz gittikten sonra oynamak için avluya çıkmış. Mehmet Amcan traktörle gelirken Rafet şu duvarın dibine çekilmiş. Amcan köşeyi dönemeyip duvara çok yakın geçince traktör arabasının altında kalmış.

Dayımın söylediklerinin gerisini hatırlamıyorum.

- Hani Rafet nerede?

- Ebenin odasında.

- Ben onu göreceğim.

- Şimdi göremezsin.

- Bana ne, göreceğim.

- Olmaz oğlum savcı gelecek.

Öğleye doğru, savcı ve jandarma geldi. Keşif yaptılar. Mehmet Amcanın, babamın ve annemin ifadelerini aldılar, sonra amcamı da cipe bindirip gittiler.

Savcı gittikten sonra, kardeşimi odadan çıkarıp avludaki teneşirin üzerine uzattılar. Kazanda ısıttıkları suyu iki kovayla getirip ılıştırdılar. İmam, kardeşimi yıkamaya başladı. Bir de baktım ki su kanlı akıyor. Sonra beyaz bir örtüye sarıp kefenlediler.

Demek, babaannemin almak için para biriktirdiği kefen bu beyaz kumaştı.

Normal günlerde başkalarının yanında adımızı söylemeye bile çekinen babam, tüm köylünün içinde "Rafeeet, kalk benim tosunuuuum, daha sana yeni pantolon alacağım yavruuum." diye bağıra bağıra ağlıyordu.

Babam kardeşimi tabuta koydurtmadı. Kendisi kucaklayıp götürdü mezara doğru. Ben de gitmek istedim, götürmediler.

Cemaat, kardeşimi mezara götürmek için uzaklaşınca eve girdim. Önlüğümü ve yeni pantolonumu çıkarıp eskisini giydim. Cemaate yetişip kalabalığın arasından geçtim. O sırada kardeşimi dayım taşıyordu. Yanına yaklaşıp ağlayarak seslendim:

- Dur dayı duuur, Rafet'e aha bu yeni pantolonu giydireceğim.

O zamanlar cenaze defnedilirken çocukları mezara yaklaştırmadıkları için beni tutup tekrar eve getirdiler.

Ne olduğunu bir türlü anlayamadım.

Ölüm ne demekti, Rafet bir daha aramıza gelmeyecek miydi, onu bir daha görmeyecek miydik, cennet neresiydi, Allah nasıldı, çok mu büyüktü, büyüklüğü ne kadardı, Rafet yanımıza gelmeyecekse biz onun yanına istediğimiz zaman gidebilecek miydik?

Ben, bir süre okula gitmedim. Annemin yanında durdum. Bana sarılıp sarılıp sarılıyordu annem. Beşinci gün dayım dedi ki, Metin sen yarın okula git, anan seni gördükçe daha çok ağlıyor.

Annem yıllarca ağladı. Feryatlarını dindiremedi kimse. Bazen bayılıyordu. Babamın dediğine göre bu gidişle sağlığı bozulacaktı, belki de hastalanacaktı.

SUNA NEREDE?

Okulların açılışının üçüncü haftasıydı. Sınıfta öğretmen eğitsel kollara öğrenci seçiyordu. Bir ara dedi ki;

- Çocuklar geçen seneki sınıf listesinde 25 kişinin, şimdiki listede 24 kişinin adı var, bir kişi nerede?

- Okula gelmiyor öğretmenim.

- Neden?

- ...

- Çocuklar söylesenize neden gelmiyor?

- Utanıyor öğretmenim.

- Utanıyor mu, neden?

Aynur parmak kaldırdı ve Savaş Öğretmenin Suna'yı dövdüğünü, onun da korkudan altına işediğini ve bir daha da okula gelmediğini anlattı.

- Peki, okula hiç gelmeyecek mi?

- Bilmiyoruz öğretmenim.

- Suna şimdi nerede?

- Evde.

- Evleri nerede?

- Aha şu bayırın orada.

- Peki, biriniz söyleyin de Suna gelsin. Kim söyler?

- Ben söylerim, dedi Rukiye.

Ertesi gün öğretmen Rukiye'ye Suna'yı sordu.

- Öğretmenim söyledim. Annesi hasta. Suna annesine bakıyormuş, okula gelmeyecekmiş.

- İyi, dedi öğretmen. Belli ki bir şeyler düşünüyordu.

Cuma günü Melek Öğretmen dedi ki,

- Çocuklar yarın ben Sunaların evine gidip onu okula çağıracağım. Benimle gelmek isteyen var mı?

Neredeyse bütün sınıf parmak kaldırdı, çünkü hepimiz Suna'yı seviyorduk

- Hepinizin gelmesi uygun olmaz çocuklar, bu kadar çok kişi fazla olur.

Öğretmen benimle Rukiye'yi seçti

- Yarın öğleden sonra bize gelin, oradan gideriz

Sunanın evine gittik. Eve yaklaşırken köpekleri yattığı yerden kalkıp havlamaya başlayınca Melek Öğretmen korktu.

- Korkmayın öğretmenim bir şey yapmaz, boşuna havlıyor?

İçeriye girdik. Annesi hastaydı, öğretmenimizi görünce ayağa kalkmaya çalıştı. Kalkamadı. Suna, öğretmenimizin elini öptü. Öğretmen de Suna'ya sarıldı, öptü.

- Sen okula gelmeyecek misin?

- ...

- Annene baktığın için gelmiyorsun galiba.

- Evet.

- Tamam, sen şimdi annene bak, hemen iyileşsin, çünkü ben seni okulda görmek istiyorum.

- ...

- Sen çok akıllısın. Hem okuyup doktor olursan annene daha iyi bakarsın. Annen iyileşince okula geleceksin değil mi?

Suna başını öne eğdi. Bir şey demedi.

- Bu sene sizin sınıfı ben okutuyorum, biliyor musun?

- Evet, Rukiye söylemişti.

- Sınıfımda senin gibi cici bir kız olacağı için çok seviniyorum.

- Savaş Öğretmen gelmeyecek mi?

- Gelmeyecek.

- Ya gelirse!

- Gelmeyecek, emekli oldu.

- Emekli ne demek?

- Artık bir daha öğretmenlik yapmayacak demek.

SAKALLI ZİYA

Sınıfın kapısı birdenbire sonuna kadar açıldı. Kapının vurulduğunu duymadık. İçeriye hışımla Sakallı Ziya girdi. Bembeyaz ve uzun sakalları olduğu için "Sakallı" lakabını takmışlardı.

- Nerede o, diye bağırdı.

- Hepimiz şaşırdık, Melek Öğretmen de şaşırdı.

- Nerede o itaatsiz sıpa?

- Dur amca, kimi soruyorsun?

- Rukiye'yi.

Sakallı Ziya yukarı mahallede oturan Rukiye'nin dedesiydi. Gözlerinden öfke fışkırıyordu. Pencere kenarında oturan Rukiye'yi gördü. Hışımla üzerine yürüdü, saçlarını tutup bastonuyla sırtına vurdu.

- Gel buraya domuz.

Melek Öğretmen araya girdi.

- Dursana amca, burası devletin okulu, çocuğa böyle vuramazsın.

Sakallı Ziya Rukiye'nin saçlarını bırakmadan sert bir şekilde Melek Öğretmene döndü.

- Sen de kimsin be, çekil aradan.

- Dur amca dur, ben yeni öğretmenim, bir anlat hele. Ne oldu, ne istiyorsun bu çocuktan?

Sakallı Ziya, Rukiye'nin saçlarını bıraktı, havadaki bastonunu indirdi.

- Bu itaatsiz eşek sıpası sabah danaları sürüye katmadı, beni dinlemeyip okula geldi, danalar şimdi akşama kadar aç kalacak, diye bağırmaya devam etti. Sonra da çıkıp gitti.

Sakallı Ziya'nın o hareketinden sonra danaların mı, yoksa çocukların mı daha değerli olduğunu anlamadım gitti.

Hepimiz çok korkmuştuk. Rukiye ağlamaya başladı. Melek Öğretmen, köyde aksi, inatçı ve kavgacı olarak bilinen Sakallı Ziya'nın elinden Rukiye'yi kurtarmıştı ya, benim gözümde bir kahramandı artık.

Rukiye dışa dönük, güleç bir çocuktu. Sınıfta yaşadığı olumsuz durumu öğretmenin de yakın ilgisiyle çabuk atlattı.

BAŞKANLIK SEÇİMİ

Melek Öğretmen bir gün dedi ki;

- Sınıfa bir başkan bir de başkan yardımcısı seçeceğiz. En çok oy alan başkan, ikinci çok oy alan da başkan yardımcısı olacak. Şimdi adayların adını tahtaya yazıyorum. Evet, kimler başkan olmak istiyor?

Sınıftakilerin yarıya yakını parmak kaldırdı. Meğer ne çok başkan olmak isteyen varmış.

Öğretmen, isimleri tahtaya yazdı. Tam dokuz kişi. Altısı erkek, üçü kız. Kızlardan Rukiye, Aynur ve Elif, erkeklerden de altı kişi. Ben başkan olmayı istemediğim için parmak kaldırmamıştım. Öğretmen bana gülümseyerek bakınca, benim de aday olmamı istediğini düşündüm. Parmağımı tam yukarıya değil de kafamın hizasına gelecek kadar kaldırdım. Aynur durur mu, biraz yüksek sesle bağırdı:

- Öğretmenim ben de başkan olmak istiyorum.

Oylama yapıldı, bazılarına sadece bir parmak kalktı, o da kendileri. Rukiye iki, Elif üç, Aynur beş oy aldı. Mehmet ve Zeki birer, Hüseyin ve Cemal üçer oy aldı. Ben de altı oy aldım. Öğretmen dedi ki, "Kızlardan ve erkeklerden en çok oy alan arkadaşlarınıza yeni bir oylama yapalım. Yalnız kırgınlık olmasın diye herkes kime oy vermek istiyorsa onun adını şimdi dağıtacağım kâğıtlara yazsın. Birazdan sayım yapacağız. Küçük birer kâğıt dağıttı. İki aday vardı: Aynur ve ben. Sonra ikimizin de adını tahtaya yazdı. Toplanan kâğıtları Esma'ya verdi. Esma her kâğıdı açıp okudu. Kimin adı okunduysa tahtada adının karşısına bir çizik atıldı. Oylama heyecanlı geçiyordu. Bir ara Aynur sekize altı öne geçti. Sıra son kâğıda geldiğinde Aynur'un 11 oyu, benim 12 oyum vardı. Son kâğıt Aynur'a çıkarsa berabere olacaktı. Esma, son kâğıttaki ismi okudu: Metiiin.

Erkekler tarafında bir alkış koptu. Öğretmen, sonuçları yüksek sesle sınıfa okudu:

- Sınıf başkanı Metin Yıldız. 13 oy aldın. Başkan yardımcı Aynur Yıldız 11 oy aldın. İkinizi de kutluyorum. Çocuklar, başkan olmak hava atmak değil, sorumluluk almaktır. Bundan sonra sınıfın her şeyi sizden sorulacaktır. Haydi, göreyim sizi.

Yerimize geçerken Aynur'un bana bakışını görecektin. Ben sana gösteririm, der gibi...

SUNA OKULA DÖNÜYOR

Okulun dördüncü haftasıydı. O gün sınıfta değil, dışarıdaydık, bahçede oynuyorduk. Sedat bağırdı:

- Bakın bakın, kim geliyor? Hepimiz bahçenin giriş kapısına baktık. Annesi Suna'nın elinde tutmuş bize doğru geliyorlardı. Koştuk o tarafa, hepimiz Suna'yı merak ediyorduk, çünkü onun da okula gelmesini istiyorduk.

Melek Öğretmen merdivenden inip Suna'yla annesini karşıladı.

- Hoş geldiniz

- Hoş bulduk hoca hanım.

- Kızım okula gelmek istedi.

- Ay ne güzel sende hoş geldin Suna, seni aramızda görmekten çok mutlu oldum. Arkadaşların da çok sevindiler, öyle değil mi çocuklar?

Biz hep bir ağızdan "Evet öğretmenim." diye bağırdık.

- Eve geldiğiniz günden beri kızım pek mutlu.

- Ne güzel.

- Bana, ben nasıl doktor olabilirim, diye sordu.

- Ben de 'Ne bileyim kızım, öğretmenin daha iyi bilir, git ona sor.' dedim. O günden beri 'Anne çabuk iyileş, ben okula gideceğim.' deyip durdu. Kendimi toparlayınca da alıp geldim işte.

Geçen yıl okuldan kaçıp giden Suna, o gün aramıza yeniden katıldı. Birkaç gün pek konuşmadı, parmak kaldırmadı, teneffüse çıkmadı ve tahtaya kalkmadı. Melek Öğretmenin ilgisi, sevgisi ve şefkatiyle kendini çabuk toparladı. Öğretmenimiz tahtaya kaldıracağı zaman onu çağırmadı, yanına gidip elini tuttu ve tahtaya beraber çıktılar. İlk zamanlarda biraz korkuyordu ama sonradan alıştı.

Yaşadığı o korkunç olayı bir daha hatırlamadık çünkü kimse başına kakmadı ve onu utandırmadı.

"Çocuklar siz büyüyünce ne olmak istiyorsunuz?" diye sordu öğretmenimiz.

Ahmet: Ben koyun çobanı olacağım.

Süleyman: Ben pancar ekeceğim.

Veysel: Dayımın kamyonunda muavinlik yapacağım.

Elif: Dikiş kursuna gideceğim.

Yahya: Bakkalcı olacağım.

Fevzi: Kahvehane açacağım.

Şerife: Çeyiz işleyeceğim.

Aynur: Çapacı olacağım.

Rukiye: Öğretmen olacağım.

Mustafa: İmam olacağım.

Suna: Doktor olacağım.

Hepimiz birden Suna'ya baktık.

- Doktor olup annemi iyileştireceğim.

- Aferin Suna sana.

- Öğretmenim ben nasıl doktor olacağımı bilmiyorum, anneme sordum o da bilemedi, 'Öğretmenine sor.' dedi.

- Bak Suna, derslerine iyi çalışırsın, beşinci sınıfı bitirince şehre gidersin, orada ortaokulu okursun, başarılı olursun, liseye gidersin, orada daha başarılı olursun ve tıp fakültesine gidersin, orayı bitirince de doktor olursun.

Melek Öğretmen bana da sordu:

- Metin sen büyüyünce ne olmak istersin?

- Bilmiyorum öğretmenim, ne olacağımı hiç düşünmedim.

Aynur'un gıcık sesi geldi:

- Sidikliden ne olur ki, olsa olsa kuzu çobanı olur.

O günden sonra Suna çok çalışmaya başladı. Her derste parmak kaldırıyordu. Bazen "Doktor olursam senin popona iğne saplayacağım." deyip bizi güldürürdü.

YILDIZLI PEKİYİ

Yarıyıl tatili geldi. Karnelerimizi aldık. Benim hepsi "PEKİYİ" idi. Ve karnenin sağ üst köşesinde yıldızlar vardı. "Öğretmenim bunlar ne?" diye sordum. "Sen çok çalıştın ve yıldızını parlattın. Ben de senin karnene o yıldızları yapıştırdım, yani senin karnen YILDIZLI PEKİYİ.

Aynur'un da hepsi PEKİYİ idi ama yıldızları yoktu. Sınıfta benimle birlikte Suna dâhil altı kişinin daha karnesi YILDIZLI PEKİYİ idi.

Karneleri alır almaz bu defa Kahraman'la beraber dedeme gittik. Annemle babam da oradaydı. Karnelerimizi gösterdik. Yıldızların ne demek olduğunu anlattım. Dedem sevindi, ikimize de onar lira verdi. Sonra ağlamaya başladı.

- Ne oldu dede?

- Rafet olsaydı şimdi sizinle o da gelirdi.

Hıçkırıklarını tutamadı dedem. Anneannem, babamla annemin de ağladığını görünce bir ağıt yaktı:

Doktorlar geliyor eli şişeli,
Evlerinin içi kilim döşeli.
Dayanamam ben yavrumun acısına,
Aylar oldu kızım bu derde düşeli,
Çantasını alır gider yolun kıyısına,
Selam söyleyin Afyon'daki dayısına,
Ağlama babası sen Rafet'in ölüsüne,
Melekler götürdü onu zemzem kuyusuna,
Metin oğlum hani Rafet niye gelmedi,
Mezara gideli dedenin yüzü gülmedi,
Yaşasaydı o da şimdi sizinle gelirdi,
Deden o kadar erken gideceğini bilmedi.

O yıl tatil buruk geçti. Oynamaya başladığımızda aklımıza Rafet geliyordu. Rafet'le ilgili en ufak bir söz açılsa annem feryat ediyordu.

Geçen sene 2. dönem okulun açılmasını istemeyen ve okula gitmemenin planlarını yapan ben, bu yıl okulun bir an önce açılmasını hevesle bekliyordum. Dedem okula sevinerek gitmemden çok memnundu. Artık bana tamamen güveniyordu ve beni başkalarına yakalattırıp zorla okula götürmesine de gerek kalmamıştı.

DEDEM SINIFTA

Mart ayıydı. Sınıfta bir deney yapıyorduk. Kapı vuruldu. Melek Öğretmenin ince sesi duyuldu:

- Geeel.

Kapı yavaşça açıldı. Önce bir bastonun ucu göründü ve bütün sınıf aniden Rukiye'ye baktı. Ama içeriye giren Sakallı Ziya değil, benim dedemdi. Bu defa sınıftakiler dönüp bana baktılar, çünkü geçen sene dedemin elinde bastonla beni sürüklercesine okula getirdiğini birkaç defa görmüşlerdi.

Dedem o müşfik sesiyle Melek Öğretmene baktı:

- Rahatsız ettim kızım, gelebilir miyim?

- Estağfurullah amca, buyur gel.

- Ben Metin'in dedesiyim.

- Öyle mi Ali Osman Amca, gel gel, şöyle otur, deyip dedemin elini öptü.

- Sen adımı biliyor musun?

- Biliyorum tabi, Metin hemen hemen her gün seni anlatıyor, seni çok seviyor.

- Kızım sen geldikten sonra içime bir huzur geldi. Sen geldikten sonra bu çocuk okulu sevdi. Eminim diğer çocuklar da öyledir. Metin geçen sene okuldan kaçardı, onu zorla getirirdim. Bu sene severek geliyor. Sayende kızım. Sana sağ ol demeye geldim. Allah seni bize hediye olarak gönderdi.

Melek Öğretmene baktım. Yüzü pırıl pırıl, gözleri ışıl ışıldı. Dedemin söylediklerinden mutlu olduğu her halinden belliydi.

- Ben işimi yapıyorum amca, fazla bir şey yapmıyorum ki.

- Ben işini yaptığını söyleyen başkalarını da gördüm kızım, sen onlara hiç benzemiyorsun, sen gönlünle yapıyorsun işini.

Dedemle Melek Öğretmen sanki bizi unutup sohbete daldılar. Dedem elindeki iki kese kâğıdını öğretmenin masasına koydu:

- Bir mahsuru yoksa bunu size getirdim, çocuklarla yersiniz. Haydi bana müsaade. Metin'in anlattığından daha iyiymişsin kızım, buyur bizim eve de gel, hadi eyvallah.

- Güle güle amca.

Dedem çıkınca sınıftakilerin bana bakışlarını görecektin. İmrenerek bakıyorlardı. Öğretmen kese kâğıtlarını açtı:

- Aferin Metin, sözünü tutup derslerine iyi çalışıyorsun. Sana her zaman güvenmeye devam ediyorum.

- Kese kâğıdının birinden fıstık ve şeker, diğerinden de lokum ve bisküvi çıktı. Hem de tüm sınıfa yetecek kadar. Doyasıya, keyifle yedik.

Önceki sene Savaş Öğretmen gaz ocağının üzerinde demlediği çayı kendi içerdi, biz bakardık.

Şimdi Melek Öğretmen, yediklerini bizimle paylaşıyordu.

ROMANTİK YEMEK

Yoğun kar yağışı ve aşırı soğuklarla geçirdiğimiz kış mevsimi, yerini bahara bırakmış, Nisan yağmurları başlamıştı. Dedemden kalma eski evimizin damı kara örtü idi. Duvardan duvara uzatılan ağaçların üstüne kamış serilmiş, onun da üzerine kalınca toprak atılmıştı. Çatının eğimi olmadığı için aşırı kar ve yağmur yağdığında evimizin damı akardı.

Bir hafta sonu sabah başlayan yağmur, akşam saatlerine kadar devam edince dam yine aktı. Tıp tıp düşüyordu damlalar. Kilim ıslanmasın diye annem, damlayan yerlerin altına kova, tencere, leğen, tepsi gibi kaplar koyuyordu. Bir süre sonra kaplar doluyordu ve biz onları boşaltıp yeniden aynı yere koyuyorduk.

Akşama doğru oturduğumuz odanın her yeri kaplarla doldu. Babaannemin yattığı odaya koyacak kap kalmadı.

Annem kilimi ve hasırı topladı. Tavandan düşen yağmur damlaları zaten toprak olan zemini çamura çevirdi. Yağmur kesilmek bilmiyordu. Annem dedi ki, "Git amcanlara söyle, eben gelmesin, onlarda yatsın, çünkü yatak serecek yer kalmadı. Her taraf damlıyor."

Amcamların çatısı kiremitlerle kaplıydı.

İbrahim Amcamın muhtar seçildiği yılda da çok yağmur yağmış. Tavanın her tarafı akıyormuş. Yengem her yere kaplar koymuş. Kimi naylon, kimi çinko, kimi bakır, kimi alüminyum, kimi teneke olan kaplar. Tabi her damla farklı kapta farklı sesler çıkarıyormuş. Tan, tin, tun, tıp, pat, tak.

Evin köşesinde küçücük bir yer kuru kalmış. Yengem akşam yemeği için yer sofrasını oraya sermiş. Gaz lambasını koyacak gaz da kalmadığı için çıra yakmışlar. Oturup çıranın zayıf ışığının karşısında yemek yiyorlarmış. O sırada halamın oğlu Tahir içeri girmiş. Önce köşede yemek yiyen amcamla yengeme bakmış. Sonra kendini zor aydınlatan çıranın kör ışığına... Sonra da kaplara bakıp yağmur damlalarının çıkardığı tak, tik, tıp, tan, tun seslerini duyunca yorumu yapmış:

- Vay be, biz açlıktan ölüyoruz. Köyün muhtarı karısıyla mum ışığının altında, melodi sesi dinleyerek romantik akşam yemeği yiyor.

ANNEM HASTALANDI

Bir ilkbahar günüydü. Okuldan sonra arkadaşlarımla buluşup sokakta oynadık. Çocuklar susayınca su içmek için bizim eve geldiler. Hepimiz, kulplu alüminyum tasla sırayla içiyorduk. Annem Rıza'yı görünce ağlamaya başladı.

Rıza, köyün alt tarafında oturan, akrabamız olmayan bir çocuktu. Ailesi bizden daha fakirdi. Kardeşim ölünce elbiselerini, o eski ve yamalı elbiselerini dağıtmıştık.

Annem Rıza'nın bacağında Rafet'in pantolonunu görmüştü. "Ah yavrum gel seni bir koklayayım, Rafet gibi kokuyorsun." diye ağlamaya başlayınca oyun hevesimiz kalmadı.

İkindi üzeri annem bayıldı. Kahvehaneye koşup babama haber verdim. Duyan komşular da bize koştular. Annemi divanın üzerine yatırdılar. Çok korktum, çünkü annem gözlerini açmıyordu. Akşama doğru gözlerini araladı, bir tas su istedi. Koşarak suyu getirdim. İçtikten sonra gözleri tekrar kapandı.

O akşam komşular bizde toplandı. Annem hakkında konuşuyorlardı. Doktor, hastane, muayene diyorlardı. Konuştuklarının çoğunu anlamıyordum ama sanki kötü bir şeyler oluyormuş gibi hissediyordum.

Gelenler dağılırken babama annemin doktora gitmesinin iyi olacağını söylüyorlardı.

O gece birkaç defa uykudan uyanıp anneme baktım. Yerinde olduğunu görünce rahatlayıp tekrar uyudum.

Sabah oldu. Normalde minibüs köy meydanında durur, şehre gidecekler orada toplanıp minibüse biner giderlerdi.

O gün minibüs bizim kapıya yanaştı. Yengelerim koluna girip annemi arabaya taşıdılar. Annem hiç bilmediğim bir yere gidiyordu. Uyanık olduğum halde yorganı başımdan çekip annemi uğurlamaya kalkamadım, çünkü o gün de altımı ıslatmıştım.

Herkes dışarı çıkınca perdenin aralığından baktım. Annemi minibüsün arka koltuğuna yatırdılar, üzerine de bir battaniye örttüler ve onu alıp götürdüler.

Tekrar yorganın altına girip sessiz sessiz ağladım.

O gün ilk defa okula gitmedim. Babaannem, "Haydi kalk okula git." dedi. "Bugün gitmeyeceğim, annemi bekleyeceğim." diye cevap verince sesini çıkarmadı.

Akşamüzeri minibüsün kornasını duyunca köy meydanına koştum. Minibüstekiler indi, annemle babam yoktu. Şoföre sordum, "Doktor anneni Eskişehir'e havale etti." dedi. Korktum:

- Ne zaman gelecekler?

- Bilmiyorum, baban bir şey söylemedi. Eskişehir'de belli olur herhalde, merak etme birkaç gün sonra dönüp gelirler.

SENİN BU KARIN VAR YA...

Annemle babaannem hiç geçinemezler sürekli kavga ederlerdi. Kavga dediğim vurma, kırma, dövme değil, birbirine söylenme.

Çok sık konuşmazlardı. Annem, babaannemle konuşmayı sevmezdi. Oturup aralarında güzel güzel sohbet ettiklerini hatırlamıyorum.

Ben ilkokul üçüncü sınıfa giderken babaannem 79 yaşındaydı. Babama sürekli olarak koyunlara zamanında yem vermesini, sigara içmemesini, tarlaya zamanında gübre atmasını, ineklere iyi bakmasını, ekinleri zamanında biçmesini tembihlerdi. Her şeyi kendisi bilir gibi bir havası vardı.

Babam bu duruma zaman zaman sinirlenirdi ama babaanneme sesini yükseltmezdi. "Tamam ana." deyip yine de bildiğini yapardı.

Babaannem annemin işlerine de karıştığı için araları açıktı. Birbirine hakaret etmez ama soğuk davranırlardı ve birbirleriyle hep gergin konuşurlardı.

Ebem evde ne varsa annemin onu anneannemlere götürdüğünü zannederdi.

Annem bir gün bazlama pişirdi sekiz-on güne bir pişirdiği için her seferinde 25-30 tane olurdu. Bana bir tane verip "Al bunu dedenlere götür, sıcak sıcak yesinler." dedi. Yolda babaannem gördü. Akşam babamın gelmesini bekledi:

- Senin bu karın var ya senin bu karın... Evde ne var ne yok anasının evine taşıyor.

- Ne var da ne taşıyor ana?

- Daha bugün bazlama yolladı.

- E ne var bunda, senin çocukların da sana birçok şey getiriyor, karıları kızıyor mu?

Babaannem sustu.

Babam anneme, "Sen de ananın evine bir şey götürme." diye bağırdı. Annem babama küstü.

Babaannemin babama annemi kötülediğine ve karaladığına defalarca şahit olmuşumdur. Hep üzülürdüm ama elimden yapacak bir şey gelmezdi.

Evimizde iki oda, bir de onların arasında eşyalarımızı koyduğumuz büyükçe bir salon vardı. Daha doğrusu ambar gibi ya da depo gibi bir yerdi.

Odanın birinde babaannem yatardı, annem, babam, ben ve kardeşlerim de diğer odada yatardık. Annem, biz uyuyuncaya kadar bekler, uyuduğumuzu düşününce babaannemi babama şikâyet etmeye başlardı.

Bir akşam ben daha uyumamışken başladılar konuşmaya:

- Yahu benim anandan çektiğim ne Allah aşkına, ben bu eve eziyet görmeye mi geldim?

- Hayırdır ne oldu yine?

- Bugün çamaşır yıkıyorum, geldi başıma dikildi, kili fazla harcama, sıcak suyu telef etme, elbiseleri fazla tokaçlama ezersin, yeter artık ya...

- Yahu anam yaşlı bir kadın.

- Yaşlıysa yaşlı.

- Sen iki alttan al gitsin.

- Ne zamana kadar böyle devam edecek, ben daha ne zamana kadar alttan alacağım ya, sabrım kalmadı artık.

- Kadın yaşlı, yorulmuş artık ne yapsın?

- Oturup büyüklüğünü bilsin, bir şey mi diyoruz, aç mı bırakıyoruz, yesin yemeğini, bana da karışmasın.

- Tamam tamam, ben yarın söylerim.

- Sen de tamam tamam deyip durma, tamam diyorsun her şey gene aynı.

Konuşmalar böyle sürüp giderdi.

Annem hastaneden gelmiyordu. Ben okuldan çıkıyor, eve gelmeden köy meydanında minibüsün geliş saatine kadar bekliyordum. Korna sesini duyunca heyecanlanıyor, bu sefer kesin gelmiştir diye ümitleniyordum. Gelmeyince uğradığım hayal kırıklığıyla beraber eve gidiyordum.

Beşinci gün yine bekledim. Minibüs geldi, önce babam, sonra da diğer köylülerimiz indi. Annem herkesten sonra indi. Gülümsedi bana, oldukça iyiydi. Şalvarını tuttum, eve kadar yürüdük.

Annemin geldiğini duyan komşular o akşam geçmiş olsuna geldiler. Onlar sordukça annem anlatıyordu: Önce kanıma baktılar, yatman lazım dediler, serum taktılar, günde iki defa iğne yaptılar, aha şu hapları, şurupları verdiler.

Ertesi gün tatil olduğu için o akşam ben de geç saatlere kadar gelenlerle oturdum. Sonra uyumuşum. Sabah annemin yorganın altında beni kontrol eden elleriyle uyandım.

- Artık işemiyorsun değil mi?

Sevinçle gülümsedim anneme.

O gün altımı ıslatmamıştım.

O ZALİM SINIFTA

Bir sabah Melek Öğretmen sınıfa girdi:

Çocuklar bugün size bir sürprizim olacak. Bilin bakalım bugün sınıfımıza kim gelecek?

Hep bir ağızdan bağırdık:

- Müfettiiiiiiş.

Melek Öğretmen güldü.

- Hayır bilemediniz.

- Yoksa Sakallı Ziya mı, diye espri yaptı Hatice.

Gülüştük.

- Bekleyin birazdan görürsünüz.

Merak etmeye başladık.

- Haydi bugün bilmece soralım.

- Bilmece bildirmece el üstünde kaydırmaca.

- Sabun.

- Peki, benim bir sepetim var, içinde 20 tane yumurta var, altı çıktı, sepette ne kadar yumurta kalır?

- 14 yumurta kalır, diye bağırdı birkaç kişi.

- Hayır, bilemediniz, altı çıkınca hiç kalmaz çünkü hepsi yere dökülür.

Biz bilmecelerle gülüp giderken kapı çaldı. Hepimiz susup kapıya döndük çünkü kimin geleceğini merakla bekliyorduk. Kapı sonuna kadar gıcırdayarak açıldı:

"İhh!" demişim gelen misafiri görünce. Orta boyu, siyah paltosu, kahverengi fötr şapkası ve mavi atkısıyla içeriye Savaş Öğretmen girdi.

Nefesim kesildi sandım, çok korktum. Beni döven, yaş sopayla enseme vuran, dudaklarımı patlatan, Suna'yı döverek altına işettiren o korkunç adam yine gelmişti sınıfa.

Kimseden çıt çıkmıyordu, Melek Öğretmen kapıya yönelip elini uzattı:

- Hoş geldiniz hocam.

- Hoş bulduk hoca hanım.

- Sınıfımıza şeref verdiniz.

- İçimden 'şeref mi verdi' dedim kimsenin duymayacağı bir sessizlikle.

Savaş Öğretmen sınıfa dönüp,

- Nasılsınız çocuklar, iyi misiniz?

- İyiyiz öğretmenim diye sesler çıktı cılızca. İki yıl bizi okutan Savaş Öğretmenden bu sözü ilk defa duyuyorduk. İki yıl boyunca bizi sınıfta gören bu adam hatırımızı sormayı hiç düşünmemişti.

- Hoca hanım bu haylazlar ders çalışıyorlar mı?

- Çalışıyorlar hocam.

- Okuldan kaytarıyorlar mı?

- Kaytarmıyorlar hocam, merak etmeyin her gün geliyorlar.

- Aman hoca hanım bunlara yüz verme çalışmazlar, tembellik yaparlar gözlerini açtırma bunların

Melek Öğretmen sustu. Gözünün ucuyla bize baktı. O küçücük yüreğimizle anlamıştık neler hissettiğini.

- Bunlar sana emanet hoca hanım bana müsaade, dedi. Melek Öğretmenin elini sıktı. Bize de "Allaha ısmarladık çocuklar." dedi ve çıkıp gitti.

Öne eğdiğim başımı Savaş Öğretmen gidince kaldırabilmiştim ancak. Gözüm Suna'ya takıldı, çok korkmuştu…

ALLAH SENİ YAKAR

Bir gün dedem dedi ki;

- Haydi Metin, ikimiz beraber camiye gidelim.

- Camide ne yapacağız dede?

- Namaz kılacağız.

- Namaz nasıl kılınıyor bilmiyorum ki.

- Olsun, biz nasıl kılıyorsak sen de öyle yaparsın.

Gittik. Caminin önünde küçük bir şadırvan vardı.

- Benim abdestim var. Haydi, şimdi sen git, şu musluktan akan suyla abdest al.

- Abdest nasıl alınıyor?

- Bak Ömer Amcan orada. O nasıl abdest alıyorsa sen de öyle al.

Ömer Amca dedemden daha gençti. Siyah ve kırışık sakalları vardı. Bakışlarından korkardım, çünkü sert bakardı. Musluğu biraz fazla açmışım. Ömer Amca bağırdı:

- Suyu israf etme Allah seni yakar!

- Yakar mı, nasıl yakar?

- Cehenneme atar.

- Cehennem nerede?

- Öbür dünyada.

- Öbür dünya nerede?

- ...

- Öbür dünyada cehennem mi var?

- Evet.

- Cehennem de ateş mi var?

- Evet.

- Allah nasıl yakıyor?

- Fokur fokur kaynayan kazanların içine atıyor.

Birdenbire içime bir korku düştü.

Köyde, kadınlar çayırlıkta toplanıp büyük kazanlarda bulgur kaynatırlardı. Bazıları derdi ki "fokur fokur" kaynıyor.

- Amca, Allah bulgur kazanı gibi mi yakar?

- ...

Ömer Amca çok sinirlendi. Oturduğu yerden hışımla kalkıp camiye girdi.

Bir başka gün Kahraman'la birlikte camiye gittik. Avluda oynadığımızı gören Ömer Amca yine bağırdı:

- Burası Allah'ın evi, burada oynanmaz, Allah size çok kızar.

Bir gün de caminin içinde otururken Kahraman'la konuştuk.

Yine Ömer Amca ve bize yine kızdı.

- Susun Allah'ın evinde konuşursanız Allah sizi çarpar.

Çarpılmamak için çıt çıkarmadan oturduk. O akşam dedeme sordum:

- Dede Allah çok mu kötü birisi?

- Tövbe tövbeee, o ne biçim söz oğlum?

- Ömer Amca dedi ki Allah sizi yakar, çarpar, cezalandırır, kazanda pişirir.

- Yok oğlum öyle şey olur mu? Ömer Amcan şaka yapmıştır.

Ömer Amcanın şaka yapmadığını biliyordum. Ve o günden itibaren hiç tanımadığım, bilmediğim Allah'tan korkmaya başladım.

Yine bir gün babam bize "Haydı çocuklar camiye gidelim." dedi. "Ben gitmem." dedim. "Gidersek Allah bizi bulgur kazanında fokur fokur yakacak."

Gitmedim.

Bir başka gün babam "Kim benimle camiye gelirse ona birçok gofret alacağım." dedi.

Gofreti duyar da durur muyuz? Kahraman, babam ve ben camiye gittik. Yatsı namazıydı. Dedem de gelmişti. Ön saftaydı. Önce babama bakıp namazı onun gibi kıldık. Sonra bir tane amca ayağa kalkıp bir şeyler söyledi. Sonradan öğrendim, kamet getirmiş. İmamın yüksek sesle okuduklarından hiç bir şey anlamadım.

Babamın dizine dürtüp herkesin duyacağı bir sesle, "Baba, hoca ne diyor?" diye sordum. Babamda ses yok. Babam işaret parmağını dudaklarına götürüp "sus" işareti yapınca sustum.

Sonradan duydum, büyükler benim bu hareketimi anlatıp anlatıp gülüyorlarmış.

Eve gelince babama yeniden sordum.

- Baba biz ayakta dururken hoca ne dedi?

- Kur'an okudu. Allah'a dua etti.

- Niye başka bir dilde okudu?

- Oğlum Kur'an'da öyle yazıyor.

- Kur'an'da Türkçe yazmıyor mu?

- Yazmıyor oğlum yazmıyor.

- Niye yazmıyor baba, Allah Türkçe bilmiyor mu?

- Biliyor ama namazda Arapça okunuyor, çünkü Allah-tan bir şey istenirken Arapça istenir.

- Hoca Allah'tan ne istedi baba?

- Bilmiyorum oğlum ben de anlamadım, bir daha gider-sen hocaya sor tamam mı?

- Tamam.

Tamam dedim, ama bir şey anlamadım.

Allah'ın nasıl olduğunu merak ediyordum. Herkes Allah'tan niye çok korkuyordu. Allah insanı niye cezalandırıyordu, istediğimiz her şeyi veriyor muydu, mesela ben bisiklet istesem verir miydi?

Bunları kafamda hayal ederken uyumuşum.

KORKUTAN İMAM

Okul yaz tatiline girdikten bir hafta sonra camide Kur'an dersleri başladı. Çocukların çoğu Kur'an okumasını öğrenmek için camiye gitti. Tabii ben de gittim.

Bizim köyde kadrolu imam yoktu. Köylüler kendi imkânlarıyla bir imam tutarlar, aralarında topladıkları paralarla imama maaş öderlerdi.

O yaz Mahir Hoca vardı. Çok sinirli ve öfkeli davranırdı. Derslerimizi hocanın korkusuna yapardık. Her gün birkaç tane Kur'an harfi verir, onları 20, 30, 40 hatta bazen 50 defa yazdırırdı. Kur'an Elif Be'sinden bir kaç sayfa verir, ertesi güne kadar ezberlememizi isterdi.

Bir gün ezberi yapamadım. Beni kaldırdı ve herkesin içinde çok feci bir şekilde dövdü. O günden sonra Kur'an'a gitme isteğim azaldı. Ertesi gün sureleri ezbere okutuyordu. Dünden hocaya kızgın olduğum için ezberlememiştim. Üzerinde Kur'an olan önümdeki rahleye öyle bir tekme attı ki rahle bir yana uçtu, Kur'an diğer yana fırladı. Bir kaç kişi güldü. Hoca iyice sinirlenip milleti sıra dayağından geçirmeye başladı. Sıra bana gelmeden camiden kaçıp dışarı fırladım ve o yıl bir daha da Kur'an öğrenmeye gitmedim.

Yine bir gün o kadar sinirlenmiş ki Tuna adlı bir arkadaşımızı kafasını ısırıp kanatmış. Bu olay duyulunca hocayı köyden kovdular.

Günah işlersek, yalan söylersek, bir şey çalarsak Allah bizi öbür dünyada yakacaktı, ama Allah'ı anlatan ve bize onu tanıtan köy imamı şimdiden çok fazla işkence çektiriyordu.

Allah'ın dediklerini anlatmaya çalışan imamın ve onun anlattıklarını yerine getiren, ibadet ettiğini söyleyen yaşlı amcaların davranışlarından korktuğum için, Allah'tan, camiden ve Kur'an öğrenmekten soğuyordum.

ANNESİ ÖLEN KUZULAR

İmamdan yediğim dayaktan sonra camiye gitmeyi bırakıp kuzu gütmeye başladım. Babamın deyişine göre biraz daha büyümüş ve "herif" olmuştum.

Sabah koyunlar sağıldıktan sonra çoban kuzuları analarından ayırırdı. Koyunları otlatmaya çoban götürürdü, kuzuları da ben götürürdüm.

O gün kuzuları götürüp çayırlığa saldım. Büyük olanlar yayılıyordu. Küçük olanlar yayılmayı bilmiyorlardı, çünkü daha sekiz on gün önce doğmuşlardı.

Öğle üzeri küçükler melemeye başladı. Belli ki acıkmışlardı, ya da analarını özlemişlerdi.

Öğle saatlerinde annemin hazırladığı çıkından öğle yemeğimi yedim. Yemeğim de yarım bazlama, bir domates, bir de salatalık. Çimene sırt üstü uzanarak mavi gökyüzünde birbirini kovalayan bulutları seyrettim. Onları bir şeylere benzetip hayaller kurdum.

İkindiden sonra kuzuları eve getirdim. Akşamüzeri de çoban koyunları getirdi. Avlunun büyük kapısından giren koyunların melemelerini duyan kuzular annelerine doğru koşmaya başladı. Avlunun orta yerinde meleşerek birbirine karıştılar. Manzara çok etkileyiciydi.

Her koyun kendi kuzusunu bulup emzirmeye başladıkça melemeler azalıyordu. Sesler azaldı, azaldı, azaldı ve iki dakikanın içinde neredeyse bütün kuzuların melemesi kesildi.

İki tanesi hariç...

Onların anası ölmüştü. Meleyerek analarını aramaya devam ettiler. Koşup en yakındaki bir koyunun melemelerine dalıyor ve emmek istiyorlardı. Kendi kuzusunu emziren koyunlar bunları kafasıyla itiyor, kendilerinden uzaklaştırmaya çalışıyordu. Ve anası ölen kuzular öyle içli meleyorlardı ki... Hatta annesi ölen kuzuları severken ağızlarına doğru uzattığım parmağımı emmeye çalışıyorlardı. Dayanamadım, ağlamaya başladım. Sonra düşündüm, ağlamak bu kuzuların karnını doyurmuyor, melemelerini dindirmiyordu.

Bir çare bulmam lazımdı. Nasıl bir çözüm bulacağımı düşünerek uzandım yatağa. Uykum gelmiyordu ki. Bir yanda o kuzuların melemeleri, diğer yanda annemin döşeği korumak için serdiği gübre naylonundan gelen hışırtı sesleri... Yine de bulduğum çözüm kafamda şekilleniyordu sanki.

Sabah uyandığımda bir gazoz şişesi aldım. O zaman bizim köye kola gelmezdi, çünkü kola zengin işiydi. Fakir işi olan beyaz gazozlar gelirdi. İşte o camdan şişelerden birini aldım. İçine inek sütünü doldurdum. Ucuna da bir emzik geçirdim. O kuzuları gazoz şişesine doldurduğum inek sütüyle doyurdum. Aynı işlemi akşam da yaptım.

O kadar mutlu olmuştum ki, o gece yatağa uzandığımda heyecandan kalbim göğsüme sığmıyordu. Kocaman göğsüm minicik kalbimin sevincine dar geliyordu. Kendime güvenim artmıştı, çünkü kendimi işe yarar hissetmiştim.

Ertesi sabah uyandığımda çok daha mutluydum, çünkü altım kuruydu. Ve uzun zamandır ilk defa yatağı ıslatmamıştım.

Kuzuları şişedeki inek sütüyle beslemeye devam ettim. Bana iyice alıştılar.

Birkaç gün sonra ne oldu biliyor musun? Kuzularla koyunları buluşturduğumuzda bütün kuzular annelerine doğru koşarken, o iki kuzu beni görünce bana doğru koşuyorlardı.

GELİN KAYNANA TARTIŞMALARI

Temmuz ayıydı, ekinler olgunlaşmış, biçim yaklaşmıştı. Babaannem her zamanki kaygılı haliyle babamı sıkıştırıyordu. "Haydi, bir biçerdöver bul, ekinleri biçtir, daha ne bekliyorsun, bak bu bizim bir yıllık rızkımız." diye söylenip duruyordu. Hele de hava biraz bulutlansın, yağmur yağacak gibi olsun, "Tüh tüh geç kaldık, bak şimdi yağmur yağacak, dolu yağacak, başaklar kırılacak, ekin tarlada kalacak, bir yıl aç kalacağız." diye felaket tellallığı yapardı.

Babam her zamanki gibi yavaştan alır, babaanneme pek bir şey demezdi.

Babaannemin söylendiği bir gün annem dayanamadı "Yahu sen ne ortalığı karıştırıp duruyorsun, bak herkesi bunaltıyorsun. Şu dilini tut da otur köşende. Niye bu kadar kaygılanıyorsun?" diye çıkıştı.

Babaannem buna çok üzüldü ve uzun zaman annemle konuşmadı. Gezdiği yerde "Bu gelin geleli evde bereket kalmadı, sanki ben onların kötülüğünü istiyorum, bana ağır hakaretler etti." deyip durmuş, derdini dökmüş.

Ekinler biçildi. Arpa ve buğdaylar avluya döküldü. Yaz aylarında at arabasıyla köye sebzeciler gelirdi. Annem bir teneke arpa verip bir kaç kilo şeftali aldı. Biz çok istemiştik. Babaannem hemen anneme çıkıştı "Bu kadar müsriflik mi olur, har vurup harman savurur gibi bola saça harcıyorsun. Ne lüzum var bu kadar fazla almaya. Herkese birer şeftali yeter." diye homurdanıp durdu.

Hızını alamamış olmalı ki bu tartışma akşam yemeğinde de devam etti. Sofrada annem, babam, ben ve kardeşlerim vardı. Babaannem zaten başköşeye otururdu: Hepimizin yanında babama "Senin bu karın var ya, senin bu karından ev mev olmaz. Seni zengin etmez, kazandığına sahip çıkmaz, har vurup harman savurur. Aşırı müsrif, fazla harcıyor." dedi.

Babam "Yahu ana, evde ne var da ne harcıyor?

- Sen öyle zannet. Sen yokken sanki sebzecinin arabasını boşalttı. O kadar çok almaya ne lüzum varsa.

- Ana yeter artık yeter.

- Sen beni dinleme, zaten karın da dinlemiyor, hiçbir konuda bana danışmıyor.

- E ben şimdi ne yapayım yahu?

- Ne yapayım öyle mi? Bu kadar pısırık olursan seni de dinlemez, beni de.

- Söylüyorum ana söylüyorum.

- Sus, söylüyormuş. Biraz sert olsan dinler seni.

- E dinlemiyor napayım?

- Şu çaydanlığa alıp kafasına da mı vuramıyorsun?

Annem sinirle kalktı ve ağlayarak sofrayı terk etti.

Benim çocukluğumun büyük bölümü annemle babaannemin tartışmalarını dinleyerek ve ikisi arasında kalan babamın çaresizliğine üzülerek geçti.

Aynı tartışmalar biz yattıktan sonra da annemle babam arasında devam ederdi:

- Ben artık katlanamıyorum bu kadına.

- Biliyorum seni üzüyor ama beni de bunaltıyor.

- Sanki bizi kıskanıyor, bizi birbirimize düşürmek için elinden geleni yapıyor.

- Niye kıskansın?

- Kıskanıyor tabi, sen yokken bana hiç huzur vermiyor.

- Görmüyor musun, bana da huzur verdiği yok.

- Gidip biraz da diğer çocuklarının evinde kalsın.

- Yahu hiç olur mu, bizde kalıyor.

- Gitmez gitmez, niye gitsin, çünkü diğer gelinler bakmaz ki anana.

- Bakarlar da buraya alışmış işte. Sen de idare et, yaşlı kadın. Ne yapalım, bakacağız ona, atalım mı?

- O da bir ağzını tutup otursun köşesinde.

- Tamam tamam, ben yarın onu tembihlerim.

Sonraki zamanlarda bir kaç kez şahit oldum. Arada bir kızıp söylense de babaannem başka yerde anamı savunuyor ve diyor ki: Gelin bana iyi bakıyor, çimdiriyor, çamaşırlarımı yıkıyor, yemeğimi veriyor, yakacağımı getiriyor, sobamı yakıyor.

Başkalarına karşı annemi böyle savunan ebem bunları onun yüzüne karşı neden söylemiyordu, anlamadım gitti.

ÇERÇİ AHMET

Çerçi Ahmet yaz aylarında bizim köye daha sık gelirdi. Yazın ekinler biçilince milletin eline para geçerdi. Çerçi, parası olmayanlara da arpa, buğday karşılığında, şeker, fıstık, leblebi, kuru üzüm, lokum, bisküvi verirdi.

Ben o zaman leblebiyi çok severdim. Çerçi Ahmet'te iki çeşit leblebi olurdu. Bir çeşidi iriydi. Bu pahalıydı. Bir de kırık leblebi vardı. Bu hem küçük, hem de yarım leblebilerden oluşurdu ve daha ucuzdu. Biz hep ikincisinden alırdık.

Babaannem evin gölgesinde oturup bir bekçi gibi avlunun ortasında yığılı olan arpayı beklerdi. Biz arpayla çerçiden bir şey almak istediğimizde vermezdi. "Bu arpa üç evin, biz onlardan habersiz bir şey alırsak haksızlık olur." derdi. Babam ve iki amcam ortaktı. Bir keresinde annem arpa verip şeftali aldığı için ebem çok kızmış ve annemi babama şikâyet etmişti.

Çocukken elma almayı severdik ama babaannem arpa vermiyordu, para da yoktu ki elma alıp doya doya yesek.

Ağustos ayıydı, babam arpayı ortak olduğu amcalarımla paylaştı. Onlar kendi paylarını alıp gittiler. Kardeşimle ben bize kalan arpadan yarım teneke aldık, sebzeciye koştuk elma aldık. Kahraman dedi ki "Bugün bizim bayramımız, çünkü birçok elmamız var. "Doya doya elma yedik o gün.

İkindi üzeri babaannem geldi. Anneme dedi ki "Al sana gün doğdu, istediğin her şeyi alabilirsin."

Annem çok sinirlendi. Kavga ettiler. Babam o sırada ikindi namazından geliyordu. Kavgayı görünce o da sinirlendi. Annemi avlunun ortasında tekme tokat dövdü. Kardeşlerimle çok korktuk. Traktörün arkasına saklandık. Kahraman ağlıyordu.

Elma bayramımız zehir olmuştu.

Annem ağlayarak dedemlere küs gitti ve iki gün gelmedi.

Kahraman'la beraber koyunların geçtiği yere gider, onlardan dökülen parça yünleri toplardık. Bazen de giyilmeyecek derecede eskiyip yırtıldığı için atılmış naylon terlikleri bulur, onları çerçiye verip karşılığında bir şeyler alırdık.

Bir gün Yaşar'la Yusuf ellerinde bir kutu çerezle geldiler. O kadar çoktu ki. Kahraman merak etti: "Onları nereden aldınız?" Söylemediler. Canımız çekti. Biraz istedik vermediler. Sonradan Tahsin anlattı: Meğer bunlar biraz yün getiriyor, çerçiye veriyor ve karşılığında fıstık alıyorlar. Çerçi yünü arabanın arkasındaki çuvala atıyor ve yoluna devam ediyor. Bunlar arabanın arkasına dolanıp verdikleri yünü gizlice geri alıyorlar ve başka bir sokakta çerçinin karşısına yeniden çıkıp leblebi alıyorlar. Ahmet Amca yaşlı olduğu için bunu fark edemiyor. Bunlar aynı hareketi üç dört defa yapınca azıcık yünle birçok eşya alıyorlar.

Bunu sonradan duyunca "İyi ki bize vermemişler, yoksa biz de haram yiyecektik." diye sevindik Kahraman'la.

HELİKOPTER

Yaz tatili bitti okullar açıldı. Kahraman'la siyah önlüklerimizi giydik, okula gitmek için evden ayrılacağımız sırada annem, "Rafet olsaydı o da sizinle bu sene okula gidecekti." diye ağlamaya başladı. Üzüldük. Kardeşimle el ele tutuştuk, annemi ağlar durumda bırakıp okula gittik.

Artık dördüncü sınıfa başlıyorduk. Biraz daha büyümüştük. Okula iki tane yeni öğretmen gelmişti.

Sınıflara girdik. Hepimize yeni kitaplar verdiler. Melek Öğretmen bu sene lazım olacak okul eşyalarını yazdırdı ve dedi ki, "Çocuklar kitaplarınızı kaplayın eskimesinler, yırtılmasınlar. Bakkalda gördüm, güzel kaplıklar getirmişler, oradan alıp güzelce kaplayın."

İkinci hafta birçok arkadaşım kitaplarını cicili bicili kaplıklarla kaplamıştı. Benimkileri gazete kâğıdı ile kaplamıştık. Sağlam olsun diye üzerine şeffaf naylon geçirmiştik.

İki sınıfın öğretmeni değişmişti. Bizim Melek Öğretmenimiz değişmediği için sevinçliydik, çünkü hepimiz onu çok seviyorduk.

Suna'nın babası o hafta çalıştığı şehirden köye izinli gelmişti. Gelirken de Suna'ya birçok yeni eşya almıştı. Rengârenk kaplıklar, pergel, iletki, gönye, cetvel, kalem kutusu, göz kamaştıracak kadar renkli bir çanta, yepyeni bir önlük ve yakalık... Bir de pembe bir kurdelesi vardı ki hepimizin çok hoşuna gitmişti. Hayranlıkla bakıyorduk Suna'ya.

O sene Suna sınıf başkanı oldu. Kendine güveni artmıştı. Geçen seneye göre daha neşeliydi. Derslerine daha çok çalışıyordu. Sık sık "Ben doktor olacağım." diyordu.

Dördüncü sınıfa başladığımda Tahsin beşe geçti. Babası muhtardı. Onun zaten her şeyi yeniydi. Üç tane ablası vardı. Onlar geçen senelerde okuldan mezun olmuşlardı. Ancak amcam hiç birini ortaokula göndermemişti, çünkü yengem kızlardan daha çok el âlemin onlar hakkında ne diyeceğini düşünürdü. Olumsuz, kötü, üzücü bir laf duymaktansa ölsün daha iyiydi. Çocuklarını büyütürken onları başkasının kötü bir şey demeyeceği şekilde yetiştirmek için gayret gösterdi.

Tahsin erkekti. Onun okuması lazımdı, çünkü üç kızdan sonra beklenen bir evlattı. Bu yüzden amcam onun için tüm imkânlarını seferber etmişti. Bir dediği iki edilmiyor, hiç dayak yemiyor hatta azar bile işitmiyordu. Ona kıyafetlerin, defterlerin, kalemlerin en iyisi alınıyordu.

Amcam ona yeni oyuncaklar getirmişti. Hele bir helikopter vardı ki oynamaya kıyamıyordu. Naylondan olan oyuncaklarıyla oynamamıza arada bir izin verir ama helikoptere elimizi bile sürdürmezdi.

Bir gün çok istediğim halde oyuncağı vermedi. Ağlayarak eve geldim.

- Baba bana helikopter alır mısın?

- Başladın yine. Ne helikopteri oğlum?

- Tahsin'de var, babası getirmiş.

- Pahalıdır, ben alamam.

- Niye?

- Param yok.

- Amcam almış ama.

- O zengin, parası çok.

- Senin de hiç paran olmuyor.

Kızdı babam. Annem dedi ki,

- Madem baban almıyor git oyuncaklarını kendin yap.

- Kendim mi yapayım?

- Evet kendin yap.

- Nasıl yapayım ki?

- Biz küçükken teyzelerinle beraber bezden bebek diker, onunla oynardık.

- Ama ben helikopter yapamam ki.

- Sen de başka bir şey yap.

OYUNCAKLARIMI KENDİM YAPTIM

Annem o gün aklıma bir şey sokmuştu.

Oyuncaklarımı kendim yapmak.

O günden sonra farklı zamanlarda değişik oyuncaklar yaptım.

Mesela çamuru kurutup at, eşek, inek, ördek, tavuk, koyun, adam, traktör gibi etrafımda gördüğüm varlıkların heykelini yapardım. Sonra onları kurutup oynardık. Bazen ördeğin kafası kopardı. Çamurla sadece kafasını yeniden yapıp gövdesine yapıştırırdık.

Telden tekerlek yapar, ucuna bir kamış takar, motor sesi çıkararak onu sürerdik.

Bir kabak alır, onu oyar, araba yapardık.

Tenekeleri keser, ondan batöz, pulluk, mibzer, traktör gibi oyuncaklar yapardık.

Karpuz kabuğunu oyup ona biçim vererek ev, radyo, at arabası yapardık.

Toprakla, çamurla, taşlarla oynamayı çok seviyordum. Annem de aksine oynamamızı istemezdi, çünkü üstümüz batar, elimiz yüzümüz çamur olurdu. Biz de öylece eve girince annem kızar ve bize bağırırdı, bazen de bunun için döverdi.

Bir gün beş-altı çocuk bizim avluda bir araya geldik. Herkes farklı bir şeyler yaptı. Kimi taştan köy, kimi topraktan yol, kimi tenekeden araba, kimi karpuz kabuğundan bir şeyler...

Neşe içinde oynarken Kahraman dedi ki, "Ben acıktım." Hep beraber eve koştuk. Babaannem bir somunu dilimledi, her bir dilimin üzerine biraz tereyağı sürdü, üzerine de azıcık şeker ekti, elimize de birer salatalık...

Keyfimize diyecek yoktu.

Oyuna öyle bir dalmışız ki, koyunları sürüye katmayı unutmuşuz.

Annem hışımla geldi, aramıza daldı ve yaptığımız her şeyi darmadağın etti: yolları bozdu, heykelcikleri kırdı, karpuz kabuklarından yaptıklarımızı ayağıyla ezdi, taştan yaptığımız evleri dağıttı. Akşama kadar emek verip yaptığımız her şeyi bir anda yok olmuştu. Eline de bir değnek aldı, popomuza vurup hepimizi kovdu. "Defolun gidin, üstünüzü başınızı ne hale getirmişsiniz, bu tozlu üstünüzle yatağa nasıl gireceksiniz? Daha koyunları bile sürüye katmamışsınız. Ne bu sizden çektiğim ya?

Tüm çocuklar dağıldı. Çok utanmıştım. Kahraman'la ağacın altına oturduk. Gözlerimiz dolu doluydu.

Babamın oyuncak almaya parası yoktu. "YOK"un bolluğunun, "VAR"ın kıtlığının hâkim olduğu bir zamanda biz kendi çabamızla, emeğimizle, çocuksu hevesimizle kendi oyuncağımızı kendimiz var etmeye çalışıyorduk ama ona bile müsaade etmiyorlardı.

Ve annem bir çırpıda hepsini yok etmişti.

Kızdım anneme, için için de büyük bir öfke duydum.

İCATÇI ÇOCUK

Çocukken hiç topum olmadı. Tahsin'in vardı, arada bir çayırlıkta oynardık. Biraz sert vurduğumuzda "Yavaş vurun yaa, şimdi patlatacaksınız." diye kızıp bağırırdı. Bir seferinde Kahraman sertçe bir şut çekti. Top duvara çarptı. Tahsin hemen koşup topu aldı ve kulağına götürdü. Dinledi, herhangi bir yerinden fısıltı geliyor mu diye...

Oyuna devam edemedik, topu alıp gitti.

Avluda Kahraman'la aramıza ceviz kadar yuvarlak bir taş aldık. Ona ayakkabımızın ucuyla vuruyor ve birbirimize atıyorduk. Top oynuyorduk o taşla, çünkü topumuz yoktu. Okula gidip gelirken yerdeki yuvarlak taşlara tekme savururduk. Haydi bakalım kim taşı daha uzağa atabilecek diye yarış yapardık. Topu, yani taşı uzağa atma yarışı.

Bir gün okuldan gelirken yerde yumurta kadar yuvarlak bir taş gördüm. "Bak." dedim Kahraman'a "Şimdi nasıl bir şut çekiyorum."

Çantamı Kahraman'a verdim. Beş-altı adım geriye gittim. Koşup o taşa tekmeyi vurur vurmaz yüz üstü yere kapaklandım. Meğer taşın sadece ucu dışardaymış, gerisi toprağa gömülüymüş.

Başparmağım morardı, bir kaç gün sonra tırnağım yerinden söküldü. Bir hafta okula gidemedim.

Çocukluğumuzda yün çoraplar vardı. Koyunlar kırpıldıktan sonra annem yünleri yıkar, kurutur, sonra onları kirmenle eğirip incecik ip haline getirirdi. Kış akşamları oturup babaannemle çorap örerlerdi.

Bir gün babam abdest almak için çoraplarını çıkardı. Birisi top gibi kalmıştı. Kahraman bir tekme attı, aaaa top olmuştu. Babam gelene kadar o çorapla birbirimize şut attık. Sonra iki çorabı iç içe koyabileceğimizi fark ettim. Şöyle ayva büyüklüğünde bir top oluyordu. Babam çorapları bulamayınca arada bir azar işitiyorduk ama olsun, çok keyifli oynuyorduk.

Babam iyice eskiyen ceketini traktörü temizlemek için parçaladı. Ben eşikte oturmuş babama bakıyordum. Ceketin cebi dikkatimi çekti. Hemen gidip ceketin cebini söktüm. İçini yünle doldurdum. Anneme ağzını diktirdim. Al sana top. Yere sertçe vurunca beş on santimetre zıplıyordu bile. Gerçi şekli biraz kareye benzemişti ama olsun, ayağımızı acıtmadan oynayabiliyorduk.

Adım köyde top icatçısına çıkmıştı. Bez topu icat eden çocuk. Hakkımdaki bu tür konuşmalar çok da hoşuma gidiyordu. Gerçi Aynur'un pek hoşuna gitmiyordu ama olsun.

Bizim sokakta uzun süre bu topla oynadık. Yırtıldığı zaman yeni bir cepten yeni bir top yapıyorduk.

Bir gün okuldan çıkınca maç yaptık. İkindiden akşama üç saatten çok oynadık. Annem eve çağırıyor ama biz oyunu bırakmıyorduk. Akşam ezanı okunurken bile oyuna devam ediyorduk. Top bir ara duvarın üstünden Şevki Amcaların avlusuna kaçtı. Duvarın boyu iki metreden fazlaydı. Kapıyı dolaşmaya üşendim. "Kimse yok mu, topu atın." diye seslendim. Yarım dakika sürmedi. Topu attılar. Top havadan gelirken arkadaşlarıma hava atmak için "Dur şuna bir kafa atayım." dedim. Yerden sıçrayıp topa kafayı vurdum ama zıplamadı. "Küüüt!" diye bir ses duymamla yere çökmem bir oldu. Başım döndü ve oturdum. Gerisini hatırlamıyorum. İki saat sonra kendime geldiğimde kafamın ortasında bir sızı vardı. Ebemin "Hele şükür, gözlerini açtı." sesiyle ne olup bittiğini anlamaya çalıştım.

Akşam kafa atmak için zıpladığım şey meğer taşmış. Şevki Amcanın aksi mi aksi olan oğlu bahçelerine kaçan topu almış, ben, topu atan kimse yok mu, deyince top büyüklüğündeki bir taşı bizim tarafa doğru fırlatmış. Ben o taşa kafayı vurunca başım yarılmış. Yüzümden göğsüme kan akmış. Babam beni kucaklayıp eve getirmiş. Beni o halde gören annem de bayılmış.

Kafama tentürdiyot sürüp sarmışlar.

Ben ayılana kadar başımda beklemiş ebem. Ve ben sık sık sayıklamışım...

ÇOK UTANDIM

Dördüncü sınıftayken dersler biraz zor geldi. Biz üçteyken, dördüncü sınıfa giden Tahsin, "İlk üç sınıf kolay, dördüncü sınıf zor, belki şimdi inanmazsınız ama dörde geçince göreceksiniz. Çalışırken göbeğiniz çatlayacak. Çalışsanız bile bir şey anlamayacaksınız." diyordu.

Acaba Tahsin öyle dediği için mi zorlanıyorduk, yoksa dersler gerçekten zor muydu bilmiyorum ama zorlanıyorduk işte.

Öğretmen bir gün matematikten ödev verdi. "Bu problemleri evde çözün gelin." dedi. O akşam çok çalıştım, bir tanesi hariç hepsini çözdüm. Çözemediğimi babama sordum o da bilemedi. Tahsin'e sordum "Kafam matematiği almıyor." dedi. Ertesi gün öğretmen ödevleri sordu. "Kim tahtaya gelecek?" deyince parmak kaldırdım. Yan tarafta oturan Aynur,

- Ne var lan, sen niye parmak kaldırıyorsun ki?

- Ben bu soruların cevabını biliyorum.

- Biliyor musun?

- Evet, hem de hepsini biliyorum.

- Yani sen şimdi dünkü matematik problemlerinin hepsini çözdün mü?

- Evet, şimdi görürsün sen.

- Lan sus sidikli sen ne anlarsın matematikten...

Aynur'un sesi herkesin duyacağı kadar yüksek çıkmıştı. Bazı çocuklar dönüp bana bakınca hevesle kaldırdığım parmağımı usulca indirdim. Bir daha da uzun süre parmak kaldırmadım sınıfta. Cevabını bildiğim sorularda bile... Çünkü o gün çok utanmıştım. Aynur'a karşı öfkem gittikçe artıyordu. Artık ona kin tutuyordum.

Bizim evde sadece iki tane gaz lambası vardı. Biri babaannemin odasında, biri de bizim odada. Yatacağımız zaman lambanın fitilini içine çeker, ışığı çok az yanacak bir şekilde kısıp öyle yatardık.

Ben o kadar çalışıyordum ki, annemle babam yattıktan sonra da ışığı yere koyuyor, önünde diz çöküp derslerimi bitiriyordum. Bazen annem uyanıp, "Daha yatmadın mı sen, yeter artık, haydi kalk uyu, gözlerin bozulacak." diye söylenirdi.

BAYRAMDA ANNEM YOKTU

29 Ekim Cumhuriyet Bayramı yaklaşıyordu. Öğretmen törenlerde okunmak üzere bazılarımıza şiir, bazılarımıza da konuşma verdi. Ben şiir okuyacaktım. Heyecanlıydım, çünkü milli bayramlara köylüler de davet edilirdi. Misafirler eli boş gelmez bakkala uğrar şeker, fıstık, gofret, bisküvi, lokum gibi yiyecekler getirirlerdi. Gelen paketler bir masanın üstüne konur, tören bittikten sonra herkese ikram edilirdi.

Cumhuriyet Bayramı'ndan bir hafta önce annem hastalandı. Rafet için çok ağlayıp üzülüyordu. Bünyesi zayıf düştü. Sık sık başı ağrıyordu ve çok halsizdi. Babam yine doktora götürdü.

Şiirimi iyice ezberledim. Annem de hastaneden gelirse ve iyileşip törene katılırsa okuduğum şiirden sonra benimle gurur duyacaktı.

Aradan birkaç gün geçti. Annem gelmiyordu, babam da gelmiyordu ve biz onlardan haber alamıyorduk. Ben her gün okul çıkışı köy meydanına geliyor minibüs gelene kadar kahvenin köşesine dikilip annemi bekliyordum ama o yine gelmiyordu.

Bayrama bir gün kaldı.

Hazırlık yapmamız lazım ama nasıl? Evde ana yok, baba yok. Babaannem, ben, Kahraman ve küçük kardeşim Nurgül.

Çoktandır yıkanmıyorduk. Banyo yapmamız lazım. Bizim evde banyo yoktu. Bir metre çapında büyük bir alüminyum leğeni sobanın arkasına indirir, yanına da bir kova su koyardık. Annem bizi öylece çimdirirdi. Kovanın içinde bir de uzun saplı maşrapa bulunurdu. "Anne su sıcak, anne gözüme sabun kaçtı." gibi şikâyetlerde bulunduğumuz zaman annem maşrapanın sapından tutar kafamıza geçirirdi. Sabunun gözümüzü, sıcak suyun sırtımızı yakması yetmiyormuş gibi üstüne bir de maşrapanın kafamızdaki acısını yaşardık.

Yaşlı babaannem çok çaresiz kaldı. Annemin yokluğunda teyzemi çağırdık. O geldi ve hepimizi çimdirdi. Yemeğimizi yaptı ve evi süpürdü.

O gün ikindiye doğru minibüsün kornasını duyunca "Aha bu sefer kesin gelmiştir." diye koştuk köy meydanına. Ne annem gelmişti, ne de babam... Boynumuzu büküp içimiz buruk bir vaziyette eve döndük.

Bayram günü erkenden uyandık. İçimde bir burukluk vardı. Yanıma sadece okuyacağım şiirin yazılı olduğu kâğıdı alarak okula gittim. Annesi babası gelenler şiirlerini ya da yazılarını daha canlı bir şekilde okuyorlar, daha canlı alkış alıyorlar ve yerlerine daha bir dik yürüyerek geçiyorlardı. Gelenlere baktım, aralarında ne annem vardı, ne de babam. Şiirimi cılız bir sesle okuyup yerime geçtim. Beni kimin nasıl alkışladığına dikkat bile etmedim.

KUŞ AVLAYAN ÇOCUK

Dedem bir gün dedi ki:

- Bugün Cuma, haydi gel seni camiye götüreyim.

- Ben gelmeyeceğim dede.

- Neden?

- Ömer Amca bize kızıyor.

- Kızmaz kızmaz, bu sefer benim yanımda durursun.

Yanımda Selim vardı. O da camiye geldi.

Selim, biraz yaramaz bir çocuktu. Sık sık kuş avlardı. Elinde bir sapanla ağaçların arasına gider, kuşlara nişan alıp onları öldürür, sonra da köpeklerin önüne atardı. Önceki imam Mahir Hoca onlara oturmaya gittiğinde Selim'e "Kuşları öldürürsen, Allah seni cehennemin en sıcak yerinde yakar, sana azap çektirir." demiş. Selim de o hocanın inadına daha çok kuş avlamış.

Bir başka vaazında Hz. Muhammed'i anlatırken demiş ki "Allah kullarını cezalandırmak için cehenneme atacağı zaman peygamberimiz Allah'ın huzuruna çıkacak, "Ya Rabbi müslümanları affet, onları cehenneme atma, hata da işleseler cennetin en güzel yerine koy." diye yalvararak şefaat edecek ve müslümanları cehennemden kurtaracak."

Selim'le konuşuyorduk;

- Ben peygamberimizi seviyorum ama Allah'ı sevmiyorum.

- Neden?

- Allah insanları cehenneme atıyor ama peygamber onları kurtarıyor. Hz Muhammed insanlara karşı Allah'tan daha merhametli değil mi sence?

- ...

Namazdan sonra dedem, imam ve cemaatten bir kaç kişi caminin avlusuna oturup sohbet etmeye başladılar. Köyümüzün yeni imamı İsmail Hoca bizi de çağırdı. Dedem bizi imamla tanıştırdı:

- Bu benim torunum, bu da Selim. Orhan'ın oğlu.

- Çocuklar nasılsınız, gelin bakayım oturun şöyle.

Oturduk. Ömer Amca gülmeyen o sert suratıyla,

- Bu Selim var ya bu Selim, her gün kuş avlıyor. Küçücük hayvanları öldürüyor, günah değil mi hocam? Allah buna nasıl bir ceza verir? deyiverdi.

- Selim utanmıştı, başını öne eğdi. İsmail Hoca onu öyle mahcup bir durumda görünce "Haydi çocuklar, siz şimdi gidin, oynamaya devam edin." deyip bizi yanlarından gönderdi.

Dedemin sonradan anlattığına göre imam, Ömer Amcaya "Çocuklar toplum içinde utandırılarak onlara bir şey öğretilmez, bu senin yaptığın doğru değil, böyle davranarak çocukları kendinden uzaklaştırırsın, onlar da seni bir daha dinlemez, dinleseler bile sana inanmazlar." demiş.

Bir başka gün ben, Selim ve Kahraman okuldan geliyorduk. İsmail Hoca da ikindi namazı için camiye gidiyormuş. Bakkalın önünde karşılaştık

- Çocuklar bir dakika gelir misiniz?

Gittik.

- Bekleyin biraz, deyip bakkala girdi. Elinde bir külah bon bon şekeriyle geri geldi.

- Selim, geçen Metin'le ve seninle biraz sohbet edecektik ama ortam uygun olmadı, o yüzden konuşamadık.

- Kuş avlamakla ilgili mi?

- Biraz onunla ilgili ama ben başka bir şey anlatacağım.

Biliyorsun Metin'in annesi hasta, sık sık doktora gidiyor. Annesi yokken Metin çok üzülüyor. Onu özlüyor ve minibüsün yanına gelip onu bekliyor. İsmail Hoca bana döndü:

- Üzülüyor musun Metin?

- Evet hocam üzülüyorum, bazı akşamları da ağlıyorum.

- Senin annen gelmezse sen de üzülmez misin Selim?

- Üzülürüm.

- Hani o kuşlar var ya, belki onların da yuvalarında bekleyen yavruları vardır. Anneleri gelmeyince onları bekleyip üzülürler, biz kuşları öldürürsek o yavrulara yiyecek götüren olmaz. Belki de açlıktan ölürler. Allah o kuşları dallara konsunlar, güzel güzel ötsünler, bize mutluluk versinler diye yaratmış. Biz onları öldürmezsek evlerine yiyecek götürürler. Yavruları da onları görünce sevinir. Biz hayvanları seversek Allah da bizi daha çok sever.

İmam sözlerini tamamladıktan sonra elindeki bon bon şekerlerini bize paylaştırdı. Sonra da “Ben şimdi ikindi namazı için camiye gidiyorum, tekrar görüşürüz.” deyip gitti.

Selim, o konuşmadan sonra bir daha kuş avlamadı. Ve hiç bir canlıya zarar verecek bir yaramazlık yapmadı.

Annem 29 Ekim Cumhuriyet Bayramı’ndan 2 gün sonra geldi.

Babaannem annemin arada bir doktora gitmesine sinir oluyordu. Hele de bazen sekiz on gün hastanede kalışına tahammül edemiyordu. Bir keresinde babamla konuşurken “Her halde bu gelin doktora mahsus gidiyor. Hiç de hasta değil. Ne bileyim işten güçten kaçmak için ya da gezmek için hastayım deyip seni kandırıyor. Hani sen de safsın ya hemen inanıyorsun." demişti de babam hiç bir şey demeden kalkıp gitmişti.

Babama o akşam da annemin durumunu sordu.

- Bu kadın ikide bir şehre ne gidip duruyor. Her seferinde dünya kadar masraf ediyorsun. Ne dedi doktor?

- Baktılar, kontrol ettiler, bir şey bulamadılar.

- Madem bir şeyi yok on gündür ne bekliyorsunuz oralarda?

- Ana araştırdılar.

- Şimdi ne olacak?

- Ankara'ya götürün dediler. Orada daha büyük hastanelerde baktırmanız lazım, dediler.

- Ankara'ya mı?

- Evet.

Sustu babaannem.

O akşam kardeşimle beraber annemin dizinin dibinden, yatağının yanından ayrılmadık. Sarılıp durduk. Bir başka güzel kokuyordu annem. Ve hepimiz onun gözlerinin içine bakıyorduk.

- Bir daha bizi bırakıp gitmeyeceksin değil mi anne? der gibi...

HARİKA ANLATTI

Melek Öğretmen bizi okulun bahçesine çıkardı. Elindeki kabın içinde bir avuç buğday vardı. Önce okulun betondan yapılan merdiveninin üzerinde durdu.

- Çocuklar şimdi bu merdivene bakın.

Her gün gördüğümüz, üzerine basıp geçtiğimiz merdivene merakla baktık. Öğretmenimiz devam etti:

- Bu merdivene her gün yüz kova su döksem merdivene işler mi, ona bir faydası olur mu?

- Olmaz öğretmenim.

Melek öğretmen bahçenin köşesindeki ağaçlara doğru ilerledi. Yerdeki toprağı ayakkabısının ucuyla karıştırdı.

- Peki bu toprağa her gün bir iki kova su döksek, ya da biraz yağmur yağsa ne olur?

Öğretmenimizin bize anlatmak istediğini merak etmeye başlamıştık.

- Su toprağın içine işler öğretmenim.

- Sonra ne olur?

- Toprağın içindeki tohumlar yeşerir, büyür.

- Doğru söyledin Selçuk.

Melek öğretmen hepimizin ağzı açık dinlediğini görünce devam etti:

- İşte siz de böylesiniz. Beyninizi size anlattığım derslere kapatırsanız şu merdiven gibi olursunuz. Nasıl ki, yağan yağmur merdivene düştüğünde çevresine sıçrıyorsa ve ona hiç bir faydası olmuyorsa, okulu ve dersleri sevmeyerek öğretmeni dinlediğinizde, isteksiz çalıştığınızda gelen bilgiler beyninize işlemez, sizi geliştirmez, kafanıza çarpıp etrafa yayılır.

- Hıı anladım, dedi Suna.

- Ne anladın yavrum?

- Eğer biz sizi severek dinlersek, derslerimize isteyerek çalışırsak her bilgi kafamıza girer, bizi geliştirir, biz de başarılı oluruz.

- Sen de çok iyi bir doktor olursun Suna.

Melek Öğretmen kabın içindeki buğdayı avuçladı.

- Şimdi bunu nereye eksek daha doğru olur, bu buğday nerede büyüyüp gelişir; merdivende mi, toprakta mı?

- Toprakta öğretmenim.

- Peki, ben buğdayı götürüp merdivenin üzerine saçsam ne olur?

Cevaplar farklıydı:

- Yağmur yağınca sel götürür.

- Karıncalara yem olur.

- Kuşlar yer.

- Çürüyüp gider.

- Üzerine basarsak günah olur öğretmenim, buğday Allah'ın nimetidir.

- Rüzgâr götürür.

- Çocuklar, siz de bu buğday gibi çok kaliteli tohumlarsınız. Ben sizi alıp kalbimin içine ekiyorum. Sizi bilgimle ve sevgimle sulayacağım. Biliyorum ki siz de başarılı olmak için elinizden geleni yapacaksınız. Şimdi söyleyin bana bu buğday tanesi büyüdüğünde ne olur?

- Başak olur öğretmenim.

- Bakalım hanginizin başağında daha çok buğday olacak?

MELEK ÖĞRETMEN EVİMİZE GELDİ

Annem kendini biraz toparladıktan sonra dedi ki,

- Melek Öğretmeni bir akşam yemeğe davet edelim.

- Tamam anne ben söylerim, inşallah gelir.

Babamın cevabı hevesimi kırdı.

- Gelmeye gelir de, ne yedireceğiz, koskoca öğretmen.

- Bir tavuk keseriz, yanına nohutlu bulgur pilavı yaparım, haşhaşlı bazlama pişiririm, daha ne olsun?

- Baba, öğretmenimiz çok iyi, öyle havalı değil.

Öğretmenimizin geleceği gün çok heyecanlıydım. Yerimde duramıyordum. Sınıftaki herkese duyurdum.

Akşama doğru Melek Öğretmen geldi.

Anneme yardım edecek kimse olmadığı için ona yardım ettim. Önce ucu püsküllü ve kareli sofra bezini yere serdim, kasnağı üzerine indirdim. Kocaman bakır siniyi yuvarlayarak getirip kasnağın üzerine yerleştirdim. Sonra yufka ekmeği ve somunu da getirdim. Gerisini annem halletti.

- Hocam belki sen yer sofrasına alışık değilsin, şehirde büyüdüysen masanız vardır, biz yerde yiyoruz.

- Biz de köylüyüz Elif abla, alışığım yer sofrasına.

Yemekten sonra sohbet başladı

- Hocam biz Metin'i okutsak diyorum.

Annemden bunu ilk defa duydum. Daha önce hiç konuşmamıştık.

Babam hemen karşı çıktı:

- Tamam, okutalım da, neyle okutacağız, durumumuz ortada.

- Allah yardım eder inşallah. Devlet de yardım eder.

Babaannem lafa karıştı:

- Sen şimdi şehre gidersen kuzuları kim güdecek, baban bir de kuzu çobanı mı tutacak? Hem sana bir sürü masraf, hem de çobana, yok yok okutamayız.

- Okuturuz, okuturuz kuzuları birine katarız olur biter.

- Yahu bir acele etme, ilkokulu bitirmesine daha bir buçuk sene var. O zamana Allah kerim. Ekinler, pancarlar iyi çıkarsa bir bakarız.

Babamın en önemli huyuydu: "Acele etme, hele bir bakarız, sonra hallederiz, bir düşünelim, biraz bekleyelim." demek.

Yatsı ezanı okunurken babam kalktı:

- Ben şimdi camiye gidiyorum, oradan da kahveye geçerim, hocam kusura bakmayın siz sohbet edersiniz.

Babam gittikten sonra sohbet devam etti:

- Bana sorarsanız Metin'i ortaokula gönderin. Kafası çok iyi çalışıyor. Ben kendisinden çok memnunum. Okula giderse ileride bir meslek sahibi olur.

- Okumasına ne lüzum var. Tarlada çalışsın, çiftçilik yapsın, koyunlara, ineklere baksın, daha ne istiyor. Bundan daha iyi iş mi olur, her şey hazır işte, dedi babaannem.

- Hocam belki duymuşsundur, geçen ay hastalandım, doktora gittim. Eskişehir'e havale ettiler. On gün hastanede yattım. Bir görsen doktorlar, hemşireler beyaz önlük giymişler, onlara çok imrendim. Bizim çocuklar da okusalar, böyle olsalar. Her sabah temiz temiz giyinip kuşansalar, işe gitseler, akşama üstlerini batırmadan, çamur etmeden eve dönseler, her ay maaşını alsalar.

- Ne güzel olur değil mi Metin?

Öğretmenim bana bu soruyu sorunca birden utandım. Gözlerimi dizlerime indirdim. Annem devam etti:

- Benim yattığım odada bir öğretmen, bir de fabrikada çalışan bir işçi vardı. Şehirde oturuyorlarmış. Çocukları, akrabaları her gün ziyarete geliyordu. Benim kimsem gelmedi. Anlatıyorlardı, şöyle içim gidiyordu. Rahatları öyle iyiymiş ki. Bir de kendimizi düşündüm. Sanki biz bu dünyaya çile çekmeye gelmişiz. Rahat bir gün gördüğümüz yok. Akşama kadar tarlanın, tozun, toprağın, çamurun, içindesin, koyunların, ineklerin arasındasın. Çalış babam çalış. Ortada bir şey yok. Köle gibi çalışıyor, bir şey anlamıyoruz. Aha şu bacağımdaki şalvarı tam altı senedir giyiyorum.

- Doğru söylüyorsun Elif abla, benim annemle babam da aynı sizin gibi yaşamışlar.

- Haksızsam söyle hocam. Memur olanların sigortası oluyormuş, hastanede her şey bedava, ne kadar yatarsan yat parasız, ameliyat ol parasız, kontrole git parasız. Hepsini devlet karşılıyormuş. Ya biz ne yaptık, çıkarken hastaneye neredeyse bir inek parası verdik.

Annemin anlattığı birçok şeyi ilk defa duyuyordum. Kahraman annemi dinlerken dedi ki: Annem şehre gidince gözü açılmış haa.

Melek Öğretmenle annem okumam konusunda aynı düşüncedeydiler. Babaannem benden çok babamın işlerini düşündüğü için biraz karşı çıkıyordu.

Bakalım babam ne diyecekti...

Sohbet arasında çay geldi. Annemin dik bakışlarından anlamıştım ne düşündüğünü. İçmedim, her akşam olduğu gibi...

O akşam başımı yastığa koyduğumda başka hayaller kurmaya başlamıştım bile... Anamın döşeğini korumak için altımıza serdiği naylon hışırtısına aldırış etmeden...

SİGARADAN NEFRET ETTİM

Babam sigarayı çok içerdi. Bana para verip bakkala sigara almaya yollardı. Ben sigarayı getirince paketi açar içinden birini çıkarıp yakar ve içine çekerek içerdi. Sonra da bana "Bak oğlum, sigara zararlıdır, sakın sen içme." derdi.

Tahsin, Hamdi ve Yusuf'un babaları da içerdi. Hepimiz de merak ederdik sigara içmenin nasıl bir duygu olduğunu. Sigara alacak paramız yoktu. Çocuklar olarak bakkaldan almamız imkânsızdı, Çerçi Ahmet sigara satmazdı. Babamıza para verip bakkaldan getirtsek o hiç olmazdı. Bulsak bile içemezdik büyüklerin yanında.

Hep beraber kafa kafaya verip düşündük. Sonunda çözüm Hamdi'den geldi:

- Kahvehanelerin önüne gidelim, büyüklerin attığı izmaritleri toplayalım. Hepsini bir araya getirelim, sonra da gidip kimsenin görmediği bir yerde içelim.

Harika bir buluş duymuş gibi açıldı gözlerimiz.

Kahvehanelerin önüne dağıldık. Kısa bir sürede çokça izmarit topladık. Tahsinlerin samanlıkta onları içmeye başladık. Gerçi hemen bitiyordu ama olsun yine de içiyorduk işte.

Kuzu güderken de devam ettik içmeye. Akşamüzeri kahvehanelerin önünde sigaraları topluyor, kimsenin görmeyeceği bir yere saklıyor, kuzu gütmeye giderken cebimize koyuyor ve çayırlıkta bol bol izmarit içiyorduk. Bazı izmaritler büyük oluyordu, yani yarıya yakını içilmemiş. Onu hemen Tahsin'e veriyorduk. Ne de olsa hepimizin büyüğüydü.

Dayım bir gün dedi ki;

- Sen hiç sigara içtin mi Metin?

- Yoo içmedim.

- Hiç tadına bakmadın mı?

- Hayır.

- O zaman gel, bir tane vereyim de iç.

Cebinden çıkardığı paketten bir tane kendisine yaktı. Bir tane de bana uzattı. Almadım.

- Alsana oğlum.

- Ben içmem.

- Oğlum bir tane iç, bir şey olmaz.

- Hayır, ben içmeyeceğim

- Oğlum beni sinir etme al şunu.

Dayımın ses tonu beni korkuttu.

Uzattığı sigarayı aldım. Utanarak ağzıma götürdüm "İçine çek." dedi. Yapamadım. "Oğlum bak şöyle yapacaksın." deyip sigarayı nasıl içeceğimi tarif etti. Onun dediği gibi yapıp sigarayı içime çekmemle boğazım patlarcasına öksürmem bir oldu. Boğazım yanmıştı. "Bu sigara da ne acı ne kötü bir şeymiş böyle." diye düşünürken öksürmeye devam ediyordum. Gözlerimden yaş geldi.

Kuzu güderken içtiğimiz izmaritler boğazımızı yakmıyor ve öksürmemize sebep olmuyordu. Anladım ki onları içimize çekmiyormuşuz. O günden sonra ağzıma bir tane bile sigara koymadım.

ANNEM ANKARA'YA GİDİYOR

Şubat tatili geldi. Büyük bir sevinçle aldığım karnelerimizi eve getirdiğimizde, babam hem benim karnemi, hem de Kahraman'ın karnesini eline alıp şöyle bir baktı. "İyi iyi, aferin çocuklarıma." deyip bize harçlık verdi. Durur muyuz, hemen dedeme koştuk, ondan da harçlıklarımızı aldığımızda keyfimize diyecek yoktu.

Annemin hastane için Ankara'ya gitmesi gerekiyordu. Babam, biz yalnız kalmayalım diye tatili bekledi. İki gün sonra gidecekleri için annem hazırlık yaptı. Kendisine hastanede lazım olacak eşyaları ayarladı. Beni ve kardeşlerimi çimdirdi, tırnaklarımızı kesti. Akşam olduğunda içime yine annemsiz kalmanın endişesi düştü, uyuyamıyordum. İlerleyen dakikalarda sohbete başladılar.

- Ben korkuyorum.

- Niye korkuyorsun?

- Ne bileyim işte, içimde bir sıkıntı var. Ya dermansız bir derde düşmüşsem?

- Abartma sen de.

- Bilmiyorum, gidip de geri gelmemek var.

- O ne biçim bir söz, seni sağ salim geri getireceğim inşallah.

- Ben ölürsem çocuklarıma kim bakar?

Annem hıçkırıklarını bastırmaya çalışarak ağlıyordu.

- Anan yaşlı, bana bir şey olursa çocuklarım sana emanet.

Sabah minibüs kapıya geldi. Annem Ankara'ya gidecek diye bazı komşular da uğurlamaya gelmişlerdi. Annem dışarıya çıkmadan önce Nurgül'e sarılıp onu öptü, sonra da Kahraman'ı. Ben annemden önce minibüse binip arka koltuğa oturdum; annem de yanıma oturdu. Şalvarından sımsıkı tuttum. Dayım bağırdı:

- Sen nereye?

- Ben de gideceğim.

- Senin ne işin var oğlum?

- Ben annemin yanında duracağım.

- Durup da ne yapacaksın?

- Olsun, duracağım işte.

- Çocukları hastaneye almazlar.

- Ben kapıda beklerim.

- Hadi in aşağıya.

- İnmem, ben de gideceğim.

- Lan insene, sinir etme beni.

İnmedim, anneme sımsıkı yapıştım. Dayım yerinden kalktı, oturduğum koltuğa doğru geldi, omuzlarımdan çekti. "Bana ne, ben de geleceğim." diye ağladım. Annem de ağlıyordu. Dayım güçlü elleriyle beni çekip minibüsten indirdi. Bağıra bağıra ağlıyordum. Kapıyı kapattılar. Minibüs kornaya basıp hareket ettiğinde "Allah acil şifalar versin, inşallah sapasağlam gelir." dualarıyla feryatlarım birbirine karışıyordu.

Annemin minibüsün camından görünen endişe ile bakan yüzü ve yanaklarından aşağıya süzülen gözyaşları uzun süre hayalimden gitmedi.

O akşam yer sofrasına oturduğumuzda ne annem vardı, ne de babam. Hepimiz buruktuk. Nurgül daha üç yaşında olduğu için birçok şeyin farkında bile değildi. Kuzine sobasının sıcaklığında her birimiz bir minderin üstünde erkenden uyumuş kalmıştık.

Biz hiç beklemezken iki gün sonra babam çıkageldi. Annem yoktu. Doktorlar annemi muayene etmiş, tahlil yapmışlar. Ameliyat olması gerekiyormuş. Hastane çok kalabalık olduğu için bir hafta sonrasına gün vermişler. Annemin o güne kadar hastanede gözlem altında tutulması gerekiyormuş.

Babamla beraber koyunlara ve ineklere yem vermeye gidiyor, kuyudan su çekip onları suluyor ve ahırı temizliyorduk. Geceleri yem vermeye giderken havanın bulutsuz olduğu günlerde gökyüzünü süsleyen yıldızlara bakıyor ve Melek Öğretmenin sözünü hatırlıyordum:

"Sen en parlak yıldızsın."

En parlak yıldıza baktıkça heyecanlanıyordum ve başarılı olma hevesim daha da artıyordu.

Diğer zamanlarda evde yapacak bir şey olmadığı için sıkılıyorduk. Evin içinde şımarıyor, koşuyor, çoraptan yaptığımız toplarla oynuyor ve ortalığı birbirine katıyorduk. Babaannem bize kızıyor, bağırıyor, adeta çileden çıkıyordu.

Annemin yanındayken şımardığımızda annem kızmakla kalmaz, bizi maşayla döverdi. Biz bu dayaktan kurtulmak için babaannemin arkasında sığınırdık. Akşam olup da babam tarladan, kahveden geldiğinde babaannem annemi babama şikâyet ederdi.

- Bu anaları var ya, çocuklara hiç huzur vermiyor, bağırıp çağırıyor; hatta sen yokken onları dövüp duruyor.

Kahramanla oynarken fırlattığım yastık, sobanın üzerindeki dolu güğümü devirip kilimi ıslattığında, babaannem enseme tokadı yapıştırdı.

- Ananız sizi boşuna dövmüyormuş, hak ediyorsunuz dayağı.

ZEHİRLENDİK

O akşam yemeği yedikten sonra babam kahveye gitti. Yatağı serdik. Sobaya biraz daha kömür attık. Ebem, gaz lambasını kısarken "Haydi şimdi uyuyun." dedi ve kendisi de yatmaya gitti.

Üç kardeş uykuya dalmışız. Babamın "Kalkın, çocuklar kalkıııııın! Çıkın dışarı!" diye bağırmasıyla uyandım. Sesler derinden geliyordu. Gözlerimi açamıyordum. Oda karanlıktı, lamba yanmıyordu.

Bir süre sonra biraz kendime geldiğimde ebemin odasındaydım ve elimde ayran tası vardı. O anda neler olup bittiğini anlayamamıştım.

O gece lamba is yapmış ve lambadan çıkan gaz bizi zehirlemek üzereyken babam gelmiş. Babam geldiğinde lamba sönükmüş. Çakmağı yaktığında dehşete kapılmış ve bizi kaptığı gibi dışarı çıkarmış, çünkü az daha zehirleniyormuşuz. Lambayı yakmaya çalıştığında bakmış ki içinde gaz yok.

Sabah aynaya baktığımızda birbirimize gülüyorduk, çünkü yüzümüz isten kararmıştı. Karşıdan bakan biri bıyıklarımız var zannedebilirdi.

Annemin ameliyatına bir gün kala, babam yeniden Ankara'ya gitti ve dört gün sonra geri geldi. Annemi sorduk.

- Ameliyat oldu. Sekiz on gün kadar hastanede yatması gerekiyor.

- Sen niye bırakıp geldin baba? Ya ona bir şey olursa?

- Bir şey olmaz oğlum, doktorlar, hemşireler senden benden daha iyi bakarlar.

Aradan bir hafta daha geçti. Özlüyorduk annemi, hele Nurgül onun yokluğunu daha çok arıyordu.

MELEK ÖĞRETMEN NEREDE?

Tatil bitti. Pazartesi günü okula gittik, sınıfa girdik. Melek Öğretmeni bekliyoruz. Sınıfa bir erkek girdi.

Sustuk.

- Çocuklar ben yeni öğretmeninizim.

Ortam buz gibi oldu, kimsede çıt yok, sanki şoka girdik. Suna parmak kaldırdı:

- Melek Öğretmenimiz nerede?

- Şehre tayini çıktı.

- Bir daha gelmeyecek mi?

- Hayır, gelmeyecek. Onun yerine sizi ben okutacağım.

Hepimizin üzüldüğünü Aziz Öğretmen de fark etti.

- Çocuklar, bu kadar çok üzülmenizden anlıyorum ki, Melek Öğretmeninizi çok seviyorsunuz. Onun gitmesini istemezdiniz. Ama ne yapalım, elimizden bir şey gelmiyor. Siz de beşi bitirince buradan gitmeyecek misiniz?

Yeni öğretmenimiz bizi teselli etmeye çalışıyordu ama dinleyen kim?

Annemin hastaneye gidişinden daha çok üzüldüm Melek Öğretmenin gitmesine. Sanki bir an sınıf beni boğdu, okul sevimsiz geldi, ders çalışma hevesim uçup gitti.

Aynur kulağıma eğilip "Anan gitti diye çimmedin mi, çok kötü kokuyorsun, yani şey gibi, anlarsın ya."

Benimle yine dalga geçti. Öğretmen ders anlatırken "Ya benim bu kızdan çektiğim ne ya?" diye düşündüm. Sinirden patlayacak duruma geldim. Teneffüsün gelmesini zor bekledim. Zil çaldı, dışarı çıktım, Aynur'a yaklaştım, hiçbir şey söylemeden şaplağı yapıştırdım. Yere düştü, neye uğradığını şaşırdı, kalkıp öğretmenin yanına gitti.

Beni şikâyet etmeye…

O dönemin sonunda, o güne kadar karnemde hiç görmediğim ve belki de sonra da görmeyeceğim bir not vardı.

Arkadaşlarıyla geçimi: "ORTA"

Olsun, hıncımı az da olsa almıştım ya.

Okuldan sonra eve geldiğimde, "Ebe beni çimdirsene." dedim ve okulda neler olduğunu anlattım.

Ebem yaşlıydı, dolu kovayı taşımaya gücü yetmezdi.

Teyzem yıkadı beni, sobanın arkasındaki leğenin içinde...

Annemin gelmesi geciktikçe ona olan özlemimiz artıyordu. Yine okul çıkışı annemi bekliyordum köy kahvesinin köşesinde. Hava soğukken üşüyordum, titriyordum, ellerim morarıyordu ama ben yine de beklemekten vazgeçmiyordum. Minibüs geliyor, herkes iniyor ama annem bir türlü gelmiyordu.

Her korna sesi bende bambaşka bir heyecan oluşturuyor ve yine minibüse koşuyordum, annem gelecek ümidiyle.

Kahraman'a dedim ki "Haydi gel, köyün dışına çıkıp annemi orda bekleyelim, gelirse herkesten önce biz görürüz."

Günlerce köyün dışına çıkıp annem gelir diye uzayıp giden yollara baktık, gelmeyince gözyaşlarıyla eve döndük.

Bir gün tek başıma gittim köyün dışına. Minibüsün gelmesine yarım saat vardı. Bekledim, gelmedi. Bir saat daha bekledim yine gelmedi. Oradan geçen Muhammet Amca sordu:

- Burada ne bekliyorsun Metin?

- Minibüsü bekliyorum amca, annem gelecek.

- Oğlum bugün Pazar, minibüs şehre gitmedi ki...

LOKUM ÇALDIK

Zehirlenme tehlikesinden sonra, babam yalnız yatmamızı istemediği için hep beraber ebemin odasında yatıyorduk. Divanının ucunda duvara gömülü bir dolabı vardı. Dolap kiler gibiydi. Amcalarımın getirdiği elma, ayva, portakal, lokum, fıstık, bisküvi ve sucuk hiç eksik olmazdı. Dolap açıldığı zaman gözlerimiz ışıldardı. Çocuğuz ya, canımız çekerdi. Ebemin verdiği azıcık şeylerle de doymazdık ki. Daha çok yiyebilmek için ne yapıp edip bir çare bulmalıydık.

Babaannem namazlarını uzun kılıyordu. Rükûa eğildiğinde, 10-15 saniye, secdeye kapandığında 20-25 saniye duruyordu.

Aklımıza bir cinlik geldi. Babaannem namaza başladığında biz de tetikte duruyorduk. Rükûa eğildiğinde hazırlanıyor, secdeye kapandığında hemen yorganın altından çıkıyor, yirmi saniye içinde dolabı açıyor, birer tane lokum alıyor ve tekrar yorganın altına giriyorduk. Öylece bekliyor, ikinci rekâtta secdeye kapandığında biz dolabı tekrar açıyor, bu sefer bisküvi alıp yine yorganın altına giriyorduk. Kulakları az duyduğu için dolap kapağının sesinin ya da altımızdaki naylon hışırtılarının farkında olmuyordu. Biz de yaptığımız lokum kıstırmasını kıtır kıtır yiyorduk.

Bu işlem için kısa olan akşam namazı yeterli olmazdı ama uzun süren yatsı namazı rahat rahat yetiyordu.

Babaannem bazen namazdan sonra dolabı açıp, "Çocuklar kalkın size çerez vereyim." dediğinde, Kahraman "Yok babaanne, sen ye. Biz bakkaldan alırız." diye cevap verirdi.

Yorganı başımıza çekip gülme krizlerine girerdik.

EBEMİN HAZİNESİ

- Ebe, bizim niye çok paramız yok?

- Babanda var ya.

- Var ama az var, çok yok.

- Allah'a şükür karnımız doyuyor, daha ne istiyorsun?

- Oyuncak istiyorum, para yok; pantolon istiyorum, yok; iskarpin istiyorum, yok; bisiklet istiyorum, yok; yeni çanta istiyorum, yok; gofret istiyorum, yok.

Ebem sustu.

- Ebe sen küçükken sizin paranız çok muydu?

- Paramız vardı ama çok değildi, azdı.

- Senin oyuncakların var mıydı?

- Ben oyuncak nedir bilmem. Eskiden babalar kızlarına sevgi göstermezlerdi, oğlanları daha çok severlerdi. Ben zaten bir dağ köyünde yaşadım. Anam yok, babam yok; bana sahip çıkan hiç kimse yok. Teyzemin yanında büyüdüm. Onlar da çok fakirlerdi. Benden kurtulmak için beni dedene vermişler, dedeni hiç görmeden evlendim. Eskiden kızlara sormazlardı, büyükler bilirdi kızın kimle evleneceğini. Birine verdiler mi kızın hiç sesi çıkmazdı.

Ebemin anlattıkları masal gibi geliyordu.

- Babam dört sene askerlik yaptı. Geldikten sonra seferberlik çıktı, herkesi yeniden askere aldılar. Gitti ve bir daha da hiç gelmedi. Ondan hiç bir haber alamadık.

- Niye gelmemiş?

- Savaş çıkmış.

- Savaş niye çıkmış?

- Bilmem, çıkmış işte.

- Savaşta insanlar birbirini öldürüyor mu?

- Evet

- Niye öldürüyorlar? Sen bize karıncayı bile öldürmeyin günahtır diyorsun, ama insanları öldürünce günah olmuyor mu?

- Oluyor.

- Geçen İsmail Hoca bana ve Selim'e dedi ki, "Kuşları öldürürseniz, evde yavruları bekler." Selim bunu duydu, bir daha kuş avlamayacağını söyledi.

- Ne güzel söylemiş, aferin ona.

- Savaşta insanlar ölürse, onların da çocukları beklemez mi ebe?

- Bekler Metin, bekler.

Babaannemin gözleri doldu, sesi titredi. Kendisi de savaşa giden babasını beklemişti. Üstelik onun babası bir daha eve dönmemişti.

- Ebe, imam savaşta başkasını öldürenlere konuşsa, onlar da vazgeçerler mi?

- ...

O sırada yatsı ezanı okundu. Hemen kalkıp abdest leğenini getirdim. Sobanın üstündeki güğümden ibriğe su doldurdum. Ebem abdest alırken onun eline su dökmeyi çok seviyordum.

Namazdan sonra babaannem devam etti.

- Kurtuluş Savaşı'nda biz gençtik. Erkekler askere gidip dört beş sene gelmiyordu. Köyde yaşlılar, kadınlar ve çocuklar daha çoktu.

Bir gün bir haber geldi. Dediler ki, düşman askerleri köye doğru geliyormuş. Kızları alıp kaçıracaklarmış. Çok korktuk, kaçıp sazlığın içine saklandık. Günlerce aç susuz bekledik.

Sonra dediler ki, bizim askerler düşmanı kovacakmış. Milletten yardım istediler. Biz de elimizde ne varsa gönderdik.

- Neler gönderdiniz ebe?

- Hazine gönderdik oğlum, hazine. Varımız yoğumuz ne varsa, hepsini...

- Neler yolladınız?

- İki çuval arpa, beş çift çorap, altı tane somun, yarım çuval bulgur, biraz erişte... Yani anlayacağın, evde hiçbir şey bırakmadık.

- Düşman askerleri köye geldiler mi?

- Gelmediler, bizimkiler kovmuş.

- Sonra ne olmuş?

- Bizimkiler savaşı kazanmış; her yerdeki düşmanı atmışlar. Biz de kurtulduk, hamdolsun.

- İnsanlar niye birbirine düşman oluyorlar?

- Ne bileyim ben. Haydi yatın, sabah okula gideceksiniz.

Babaannemin anlattıkları sanki kafamın içini gıdıklıyordu. Eski zamanları, savaşlarda insanların birbirini niye öldürdüğünü merak ediyordum. Aklıma gelen soruları sorduğumda annem de babam da cevaplarını bilmiyordu. Bazılarını babaannem de bilmiyordu. Acaba sorularımın cevabını bulmak, merakımı gidermek için ne yapmam gerekiyordu?

ANNEM ANKARA'DAN DÖNECEK

Bazı günler Nurgül durup dururken, "Annemi istiyorum." diye ağlayınca, babam ne yapacağını şaşırırdı. Ebem dayanamaz, "Ananız sağ salim bir geleydi." diye dua ederdi.

Annem gideli tam on yedi gün olmuştu. Babam, minibüsçü Kamil'e şehirden telefon ettirip, annemin taburcu olacağı günü öğrenmiş. Bize söylediğinde nasıl sevindiğimi anlatamam.

Babam Ankara'ya gitti. Gelecekleri gün teyzem evimizi silip süpürdü. Yemekleri yaptı, çünkü annem gelince eve misafir dolacaktı.

Korna sesini heyecanla bekliyorduk, çalmadı. Bir de baktık ki, minibüs kapının önünde. Nasıl da koştuk dışarıya, anlatamam. Koluna girerek annemi içeri getirdiler.

Teyzemin hazırladığı yatağa uzandı. Normal zamanlarda büyüklerin yanında bize sarılıp öpemezdi, ama o an düşünmedi bunları. Yapıştık yanına. Bizi sadece öpmedi, bize sadece sarılmadı. Kokladı, adeta yaladı...

Babaannem geldi, divanın kenarına oturdu, annemin elini tuttu:

- Allah seni bu sabi çocuklara kavuşturduğu için şükürler olsun. Nasılsın, iyi misin?

- Hee, iyiyim.

- Vallahi çok sevindim. Allah kalan ömrümü alıp sana versin. Ben yaşayacağım kadar yaşadım. Sen olmadan bu evin tadı tuzu yok. Meğer sen bu evin direğiymişsin.

Anneme geçmiş olsun demek için gelen komşular, her akşam evimizi dolduruyordu. Misafirler sordukça, annem Ankara'da neler yaşadığını defalarca anlatıyordu. Hastalıktan ve hastaneden çok başka konular dikkatimi çekiyordu. Mesela diyordu ki, "Soba yakmıyorlar, odalar kaloriferle ısınıyor. Akşamları gaz lambası yakmıyorlar, her yerde elektrik var. Bir düğmeye bastın mı, odanın içi gündüz gibi oluyor. On katlı binalar var. Ankara çok büyük, kalabalık bir yermiş. Bir de her yer araba dolu. At arabası değil haa, taksi, minibüs, otobüs, dolmuş."

Babam gelirken bir de gazete getirmişti. Gazetede yazanları okudukça, her şeyi daha çok merak ediyordum. Cumhurbaşkanı, başbakan, milletvekili, belediye, üniversite, futbol, spor, bulmaca...

Ne bileyim, orada yazanları hiç bilmiyordum.

Acaba ben de Ankara'ya gitsem, merak ettiklerimin cevabını bulabilir miydim?

YILDIZIN MI SÖNDÜ?

Melek Öğretmen gidince ders çalışma hevesim azaldı. Gerçi Aynur, Aziz Öğretmenle iyi anlaştığı için daha çok ders çalışıyordu, ama benim canım ders çalışmak istemiyordu. Bir yandan köyümüzden başka yerleri merak ediyor, bir yandan da okula gitmek ve ders çalışmak istemiyordum. Sanki o dönem, okulun bir an önce kapanıp yaz tatilinin gelmesini bekliyordum.

Karne günü geldi. Bu dönem okula pek hevesli gitmediğim için heyecanlı bir karne bekleyişim de yoktu.

Suna'nın karnesi baştan aşağı PEKİYİ doluydu. Benim de birkaç dersim PEKİYİ idi, ama çoğunluk İYİ ve ORTA olduğu için "İYİ" ile geçtim.

Aynur karnemi görünce gıcık gıcık gülmeye başladı.

- Ne var, ne gülüyorsun?

- Sana ne, gülmek de mi yasak?

- Sanki bana gülüyorsun.

- Evet, sana gülüyorum.

- Gülecek ne var?

- Melek Öğretmen sana en parlak yıldız demişti. Yoksa o gidince yıldızın mı söndü? Baksana, karnendeki "PEKİYİ" ler yok olmuş. Ben sana demedim mi, senden ancak kuzu çobanı olur.

- Senin karnen nasıl?

Daha önceleri, karnesini pek göstermek istemeyen Aynur, bu defa gururlanarak ve beni küçümseyerek gösterdi. Hepsi PEKİYİ idi.

- Sen okumayı falan düşünme. Haydi, şimdi doğru kuzu gütmeye.

Köy meydanından geçerken Aynur pek havalı yürüyordu; bense yanında pısırık, neşesiz ve sinirli.

Dişlerimi sıka sıka eve geldim. Karnemi dedeme ilk defa götürmedim. Daha önceki "PEKİYİ"lerden sonra şimdiki "İYİ" olan karnemi göstermek istemedim.

CÜNEYT'İN YARAMAZLIKLARI

Kuzu gütmeye başlamadan önce, dini bilgiler almak ve Kuran öğrenmek için camiye gittik. İsmail Hocayı seviyorduk. Güler yüzlü idi, önceki imam gibi bağırmıyordu. Bir şey sorduğumuzda azarlamıyordu. Mesela, sureleri ve duaları ezberleteceği zaman, "Haydi bakalım, önce hanginiz ezberleyecek?" diyordu. Biz de onun gözüne girmek için istediklerini en kısa zamanda öğreniyorduk. Hâlbuki Mahir Hoca bizi dövüyor, çoğu zaman sıra dayağından geçiriyordu.

Artık yavaş yavaş namaz kılmayı öğreniyorduk. Kuran'ı camide öğrendiğimiz için, iki-üç vakit namazı cemaatle kılıyorduk.

Amcamın oğlu Cüneyt benden üç yaş büyüktü. Amcam geleneklere bağlıydı. Her şeyin eskiden olduğu gibi devam etmesini isterdi. Yeniliklere tahammül etmezdi, çocukları üzerinde büyük bir baskısı vardı. Cüneyt Abi de tam tersi, farklı işler yapan, düzeni bozan, kimsenin düşünmediği konulardan konuşan sıra dışı birisiydi.

Amcam çocuklarını zorla camiye getirirdi. Gelmedikleri zaman da onlara çok kızardı. Dıştan heybetli görünürdü ama çok nazlı, alıngan ve çabuk küsen birisiydi.

Cüneyt Abiyle Necmi Abi yaşıttı. İkisi bir araya geldi mi, bulundukları yerin altını üstüne getirirlerdi. Hele camide yaptığı yaramazlıklarıyla, namazda gülmeleriyle, cemaatin dikkatini dağıtırlar, yaşlıların onlara sinirli bir şekilde, dik dik bakmalarına neden olurlardı. Bir yandan İsmail Hocanın sevecen yaklaşımı ve güler yüzlü konuşmaları; diğer yandan amcamın dayakları onları uslandırmaya yetmiyordu.

Bir gün namaza duracakken, Cüneyt Abi bana dedi ki,

- Bak Metin bak, şimdi şu dayına neler yapacağım.

- Neler yapacaksın?

- Merak ediyorsan, farzı kılarken yanımda dur.

Onun ortalığı yine nasıl karıştıracağını merak etmiştim. Dayım müezzinlik yapıyordu, kamet getirirken Cüneyt Abi arkasına durdu; ben de hemen onun yanına.

Namaz başladı. Tabi ben namazdan çok, birazdan neler olacağını merak ediyordum. Yan gözle Cüneyt Abi'yi takip ediyordum. Secdeye kapanınca başını kaldırdı, elini uzatıp dayımın ayaklarının altını gıdıkladı. Dayım yerinde duramıyor, ayaklarını kaçırıp duruyordu.

Aynı durum, ikinci, üçüncü ve dördüncü rekâtlarda da devam etti. Dördünce rekâtta dikkatimi bir şey çekti. Cüneyt Abi kıkır kıkır gülerken, bir yandan bana bakıyor; bir yandan da gıdıklamaya devam ediyordu. Ancak dördüncü rekâtta dayımda herhangi bir hareketlenme yoktu. Demek ki, ayağı alışmıştı.

Namazdan sonra, millet dışarı çıktı. Hasan Amcam beni çağırdı. Koşarak gittim. "Buyur amca." dememle suratıma tokadı yemem bir oldu. Neye uğradığımı şaşırdım.

- Sen niye namazda ayağımı gıdıklıyorsun oğlum?

- Ayağını gıdıklamak mı? Ben bir şey yapmadım.

- Yürü git lan, bir de yalan konuşup günaha girme.

Bir dayıma baktım, bir de Cüneyt Abi'ye. Ne olduğunu anlamadım. Arkamı dönüp ağlayarak uzaklaştım oradan. Cüneyt Abi arkamdan koştu.

- Emmioğlu kusura bakma ya, benim yüzümden oldu.

- Senin yüzünden mi?

- Dayın zannedip görmeden, Hasan Amca'nın ayağını gıdıklamışım. Arkasına bakıp seni görünce...

İmam farzı kıldırırken biz en arkadaki safta dururduk. Önlerde, büyüklerin arasında durunca yaramazlık yapamazdık. Ön saflarda namaz kıldığım bir gün, arka sıradakilerin ne muziplikler yaptığını merak etmekten, kendimi bir türlü namaza verememiştim.

Cüneyt Abi'nin yaramazlıkları ve bizim kıkırdaşmalarımız, büyüklerin kızmasına ve homurdanmasına neden olurdu. Şikâyetler artınca, İsmail Hoca isim vermeden bu konudan bahsetti.

- Ey cemaat, namazda kendi aranızda konuşmayın. Konuşursanız namazınız bozulur. Kıldığınız namazın bir kıymeti kalmaz.

Cüneyt Abiyle Necmi Abi durur mu? Sessiz kalmaya birkaç gün dayanabildiler.

Bir gün yine namazdayız, bu ikisi fısıldaşıyorlar. Dayım dayanamadı:

- Lan oğlum bir susun lan. Konuşmayın, dikkatimiz dağılıyor. Hoca "Namazda konuşmayın, namazınız bozulur." dedi, duymadınız mı? Bak şimdi namazınız bozulacak.

Cüneyt Abi durur mu, cevabı yapıştırdı.

- Sen niye konuşuyorsun o zaman?

Cuma günleri daha çok çocuk camiye gelirdi. Bazen camide yer olmazdı.

Hutbeden sonra namaz başladı. Cüneyt Abi ile Necmi Abi önümdeydi; onların önünde de köyün garibanı Kel Arif vardı. Kel Arif altmış yaşında, iri yarı bir adam, kimsesi yok, tek başına yaşar. Rükûa eğilince bir kıkırtı duyuldu. Meraktan çatladım tabi. İkinci rekâtta rükûdayken başımı hafifçe kaldırdım. Bizimkiler birbirine kel Arif'in arkasını gösteriyorlar. Zavallı adamın pantolonunun arkası dikiş yerinden sökülmüş. Eğilince pantolon sanki ikiye ayrılıyor ve külotu görünüyor. İşin daha komiği külotunda üç tane harf görünüyor: D.Ü.Ç. Yani Devlet Üretme Çiftliği.

Bir gün, cami yine tıklım tıklım doluydu. Gençler ve çocuklar üst kata çıktı. Ben geç kaldığım için, alt katta kaldım. Farza durduk. Üst kat ahşaptandı. Paldır küldür gürültüler geldi. İkinci rekâtta "Dursana oğlum, ne vuruyorsun lan. Seni babana söyleyeceğim." gibi sesler duyuldu. İmam selam verir vermez, muhtar olan İbrahim Amcam üst kata çıktı. "Küüüt" diye bir ses duyuldu. Dönüp baktım. Aman Allah'ım, amcam Cüneyt Abi'yi üst kattan aşağıya atmıştı.

Cüneyt Abi uzun süre camiye gelmedi.

ALLAH'I MERAK EDİYORUM

Akşam yemeğindeyiz. Kahraman sordu:

- Baba, Allah çok mu büyük?

- Evet, büyük.

- Ne kadar büyük?

- Büyük işte, büsbüyük.

- Minareden daha mı büyük?

- Minare ne olur, ondan da, dünyadan da büyük.

- O zaman Allah nasıl doyuyor, biz bir tencereyle doyuyoruz. Allah kazanlarla bile doymaz değil mi?

- Allah yemek yemez oğlum.

- Yani her zaman aç mı durur?

- Yok oğlum.

- O zaman niye yemiyor, acıkmıyor mu?

- ...

Babaannem lafa karıştı.

- Sus da baban yemeğini rahatça yesin. Akşama kadar yorulmuş zaten. Kafasını bir de sen şişirme.

Yemekten sonra Kahraman anneme sordu:

- Allah ne giyer anne? Terzi ona elbise dikmek için nasıl ölçü alıyor. Merdiven mi dayıyor?

- Oğlum Allah elbise giymez.

- Çıplak mı durur.

- ...

- Yağmur yağarken Allah ıslanmıyor mu? Kar yağarken üşümüyor mu?

- Oğlum sus! Böyle soruları aklına getirme bir daha.

- Ne yapayım anne, ben getirmiyorum ki, kendi geliyor.

- O zaman sen de Metin'le Kuran'a git. Orda hocaya sorarsın.

ENİKLERİ SUYA ATTI

Aynurların dişi bir köpeği vardı. Bazen peşimizden gelir, nereye gidersek bize eşlik ederdi. Kahverengi tüyleri ve uzun kulaklarıyla çok sevimli görünüyordu. Adını da "Sevimli" koymuştuk.

Sevimli yavruladı. Tam yedi tane yavrusu vardı. Kümesin arkasındaki otluğun içindeydi. Gidip baktım, elime aldım. Daha hiçbirinin gözleri açılmamıştı. Etrafı görmüyorlardı. Sevimli yatıyor, yavrularının her biri bir memesini emiyordu.

Annesi Aynur'a dedi ki:

- Bu yavruları bir kovaya doldur, götürüp hepsini suya at.

- Suya mı? Niye atsın ki yenge?

- Yarın öbür gün bu yavrular büyürse, onlara kim bakacak?

- En iyisi daha küçükken hepsini ortadan kaldırmak.

- Ama yenge, yazık değil mi? Onları atarsan, anneleri üzülür.

- Üzülmez üzülmez, ne üzülecek. Hayvan değil mi? Bir şey olmaz.

- İsmail Hoca dedi ki, "Kuşları avlamayın, onları öldürmeyin; sonra yavruları üzülür."

- Sen hocaya bakma, tabi onun kapısında on tane köpek yok. Adam rahat rahat konuşur.

- Ama yenge, daha gözleri bile açılmadı; annelerini görmediler.

- Görüp de ne olacak sanki...

- Yenge bu yavruları niye suya atıyorsun?

- Büyüyünce aç kalırlar da ondan. Hepsi zaten açlıktan ölür.

- Ölmezler, ben onlara ekmek veririm.

- Hıı, sen ekmek buldun da enikler kaldıydı.

Yengem eniklerden kurtulmaya kararlıydı. Aynur'a dedim ki,

- Atacak mısın bu yavruları?

- Evet, ne yapayım; annem at diyor.

- Yazık değil mi? Minicikler. Ne olursun atma. Sende hiç vicdan yok mu?

Her akşam daha sofranın başında olduğu yere devrilip uyuyakalan ben, o akşam uyuyamadım. Biri, beni ve kardeşlerimi annemden ayırsa, çok üzülürdüm. Annemin eteğine yapışır, sımsıkı tutardım. Anne beni bırakma diye sarılırdım.

Gece enikleri düşündüm. Daha miniciklerdi ve gözleri bile açılmamıştı.

Sabah erkenden uyandım. Aynurların avluya koştum. Gidip kümesin ardındaki otluğa baktım.

Ohh hele şükür, oradaydılar işte. Anneleri de yanlarında.

Eve döndüm. Kuzuları gütmem gerekiyordu.

Aradan iki gün geçti. Akşamüzeri kuzularla birlikte eve dönüyordum. Bir baktım, köyün çobanı Kemal. Elinde bir kova, arkasında da Sevimli.

Yanına koştum, tüm yavrular kovanın içindeydi. Öyle sevindim ki. Demek, Kemal onları kurtarmak için almıştı. Belki onları çoban köpeği olarak yetiştirmek istemiştir diye düşündüm.

- Onları nereye götürüyorsun?

- Enikleri mi?

- Hee.

- Suya atmaya.

- Atmaya mı?

- Hee.

- Götürme onları, bana ver.

- Sen ne yapacaksın bu kadar eniği?

- Büyütürüm.

- Neyle bakacaksın oğlum?

- Ya sen ver.

- Vermem. Yengen dedi ki "Suya atmadan gelme."

Kemal'in elinden kovayı almak istedim, vermedi. Zorla almaya da gücüm yetmezdi ki, çünkü o benden on yaş büyüktü.

Dinlemedi beni, yürüyüp gitti. Ben de peşinden gittim.

Enikleri atacağı su, köyün bir kilometre kadar dışından akan bir nehirdi. Oraya yaklaşırken, üzüntü, korku ve endişelerim daha da artıyordu.

Çok çaresizdim, babam evde olsaydı bu yavruların atılmasına kesinlikle izin vermezdi. Çok merhametliydi babam.

Önde çoban, arkasında ben, en arkada da Sevimli. Yol boyunca çobana yalvarıp yakardım, ağladım. Beni dinlemedi. Çok merhametsizsin, vicdansızın tekisin, diye bağırdım.

Yine dinlemedi.

Nehrin kenarına geldiğimizde, elindeki kovayı kaldırıp, içindekileri suya döküverdi. Eniklerin ince ince ciyaklamaları ve cılız inlemeleri kulaklarımdan geçip yüreğime işliyordu.

Yavrular önce kısa bir süre suyun yüzünde kaldılar, sonra akıntıyla beraber bizden uzaklaşmaya başladılar. Sevimli, önce bir iki havladı. Çaresizce sağa sola koştu. Sonra akıntıya kapılan yavrularının ardından o da suya atladı. Eniklerden birini ağzıyla tuttu, kıyıya doğru yüzdü. Sudan çıkıp ağzındaki yavrusunu yere bıraktı. Akıntı, diğer yavruları uzaklaştırıyordu. Sevimli, bu defa suya atlamadan kenardan koştu. Yanlarına yaklaşınca yeniden suya atladı ve bir tanesini daha ağzıyla yakaladı. Onu da kenara çıkardı. Dönüp tekrar suya baktı. Yavrularının hepsi de gözden kaybolmuştu.

Ağlamaya başladım. Kemal'in umurunda bile değildi. Benden güçlü olan bu adam güya onların gelecekte aç kalmamaları için enikleri daha gözleri bile açılmadan öldürmüştü. Görevini tamamlamış olarak elindeki boş kovayla köye doğru yürümeye başladı.

Sevimli, kurtardığı ikinci yavrusunu birincinin yanına getirdi. Kendisi de oraya oturdu. Kısa bir süre sonra yavrularından birini ağzına aldı. Köye doğru 15-20 metre götürüp yere bıraktı. Sonra diğerini almak için geri döndü. İkinciyi de alıp köye doğru ilerledi.

Yanına geldim, ilk yavruyu elime aldım. Sırılsıklamdı, ellerimin arasında vıcık vıcık kayıyordu. Yavrulardan biri benim elimde, diğeri Sevimli'nin ağzında köye doğru yola çıktık.

Sevimli'yi ve yavrularını Aynurların evine götürmedim, bizim eve getirdim. Samanlığın köşesinde rahatça yatabilecekleri bir yer yaptım. Onları oraya yerleştirdim. Eve gelip yarım bazlama aldım ve götürüp Sevimli'nin yanına bıraktım.

Sabah Aynur'u gördüm. Yanıma geldiğinde sesimi yükselterek sordum:

- Niye attınız o enikleri?

- Ben atmadım.

- Sus yalan söyleme.

- Ben atmadım dedim ya.

- Doğru sen atmadın, çobana attırdın.

- Seninle konuştuktan sonra anneme "Ben onları götürüp suya atmayacağım." dedim. Annem de çobanı çağırıp "Şu enikleri götürüp suya atarsan sana bir paket sigara alırım, hem de en iyisinden." dedi.

- Yani bu yavrular bir paket sigaraya öldüler öyle mi?

- ...

ORTAOKULA GİTMEK İSTİYORUM

Babam o gün şehre gitmişti. Geldiğinde elinde bir de gazete vardı. Kahraman'la gazeteyi kaptığımız gibi avlunun ortasında bulunan su kuyunun yanına oturduk.

İlk sayfada kocaman harflerle Boğaziçi Köprüsünden bahsediyordu. Yakında açılacak köprünün uzunluğunun 1000 metreden fazla olduğu yazıyordu. Aklım almadı. Köprünün uzunluğu hem 1000 metre olacak, hem de havada duracak, bir de altından deniz akacak ve gemiler köprünün altından geçecekler.

Köyde ya taştan ya da tahtadan bir iki köprü görmüş, arkın üzerinden geçerken yarımşar metre aralıklarla taş koyup onların üzerine basarak geçebilmiş olan ben, havada duracak 1000 metre uzunluğundaki köprünün olabileceğine inanabilir miydim sence?

İnanmadım zaten.

"Amma da yalan atmışlar." dedim.

Kahraman anneme köprünün gerçek olup olmadığını sordu. Annem dedi ki, "Koskoca gazete, yalan söyleyecek hali yok ya, doğrudur."

Gazeteyi en ince ayrıntılarına kadar inceledik. Okuduklarım beynimi yeniden gıdıklamaya başladı. O sırada Aynur geldi. Gazetedeki haberi ona da gösterdim.

- Vay be el âlemin anaları ne çocuklar doğurmuş. Bak bak neler yapıyorlar neler, diye yine lafı sokuşturdu.

- Neler yapıyorlarmış, dedim.

- Bak onlar koskoca köprü yapıyor, bizimki de altına yapıyor.

Öfkeden gözlerim döndü. Aynur'un kafasını kırmak için yerden ceviz büyüklüğünde bir taş aldım. Tam vuracakken babam seslendi:

- Metiiiin akşam ezanı okundu mu oğlum?

Dişlerimi sıkarak mırıldandım: "Sen görürsün."

Aynur görecekti...

Yemekte konuyu açtım:

- Baba!

- Yine ne soracaksın?

- Bir şey sormayacağım, bir şey diyeceğim.

- De bakalım.

- Ben ortaokula gitmek istiyorum.

- Nereden çıktı şimdi bu?

- Bir yerden çıkmadı, şimdi karar verdim. Okuyup büyük bir şey olacağım ve bizim köye büyük bir köprü yapacağım.

- İyi de oğlum, nereye yapacaksın. Hani su?

- Köyün dışındaki nehir var ya, oraya yaparım.

- Saçmalama oğlum, rüyanda mı gördün?

- Yoo, rüyamda görmedim. Getirdiğin gazetede gördüm.

- Okul mokul yok.

- Okul yok mu?

- Yok.

- Şehirdekiler nasıl gidiyor okula?

- Şehirde var da sana yok.

- Niye?

- Kuzuları kim güdecek?

Annem lafa karıştı:

- Yahu şu çocuğun hevesini kırmasan olmaz mı?

- Boşuna heveslenmesin. Ben neyle okutacağım? Beşi bitirsin yeter.

- Tahsin okuyacakmış. Onun babası nasıl okutacak?

- Onun babası zengin dediydim ya sana?

- Bana ne, ben okula gideceğim.

- Ya kuzular ne olacak? Onları kim güdecek?

Babaannemin bu sorusuna annem gülerek cevap verdi:

- Ben güderim.

Benim beşinci sınıfa geçtiğim yaz, Tahsin ilkokuldan mezun oldu. Amcam onu okutmak istiyordu; ancak Tahsin'in okumaya pek niyeti yoktu. Bir evin bir oğlu olduğu için biraz el bebek gül bebek büyütülmüş, bir dediği iki edilmemişti. Doğal olarak, bu da onu biraz tembelleştirdi. Yeni bir şey yapmak, yeni bir işe girişmek yerine; sahip olduklarıyla idare etmeyi tercih ederdi. Sorumluluk almayı da pek sevmezdi.

Bir tarafta okumak istemeyen Tahsin ve onu okutmak isteyen babası, diğer taraftan okumak isteyen ben ve beni okutmak istemeyen babam.

ALLAH NEREDE OTURUYOR?

Camiden çıktığımız bir gün birkaç arkadaş Tahsinlere gittik. Onların avlusu geniş olduğu için, oynamaya daha uygundu. Bir köşede dört beş erkek çocuk kendi aramızda oynuyorduk, diğer köşede Tahsin'in üç ablası ve komşuları Zeynep, kendi aralarında oynuyorlardı.

- Size bir şey soracağım, dedim.

- Sor.

- Allah nerede oturuyor?

- Ne dedin sen, Allah nerede mi oturuyor dedin?

- Evet.

- Yani sen şimdi Allah'a inanmıyor musun?

- İnanıyorum da, O'nu tanımak ve iyice anlamak istiyorum.

- Lan Allahsız! Sen kim oluyorsun da Allah'ı tanımak istiyorsun?

Tahsin birine kızdığı zaman "Allahsız" derdi.

- Sizin aklınıza da böyle sorular geliyor mu?

- Yoo, gelmiyor; gelse bile kimseye sormam ki.

- Niye?

- Ablalarım ve annem kızarlar.

- Sen de amma korkaksın ha.

- Ne yani, sen Allah'tan korkmuyor musun?

- Yoo, korkmuyorum. Ben Allah'ı seviyorum.

Tahsin bağırdı.

- Ablaaa! Bu Allahsız, Allah'tan korkmuyormuş.

Üç ablası ve Zeynep bize doğru koştular. Tahsin iyice sinirlenmişti.

- Ya abla ya, şuna bir şey deyin.

Ben de ateşe körükle gider gibi, "Acaba biz Allah'ı nasıl görebiliriz?" deyince, üstüme saldırdılar. Dört kardeş ve Zeynep bir olup, "Sen Allah'a nasıl inanmazsın?" diye beni dövdüler. Ortanca ablası beni yere çarptı. Ağzıma toprak doldu, burnum kanadı.

Yengem yetişip beni ellerinden aldı. Evlerinin arkasındaki aralığa gidip oturdum, içli içli ağladım.

"Allah'ım ben seni anlamak ve seni tanımak için aklıma gelen soruları sorduğum için hep böyle dayak mı yiyeceğim, büyüklerden azar mı işiteceğim?" diye bu defa Allah'a sordum.

ÇERÇİ AHMET ÖLMÜŞ

O yaz Çerçi Ahmet'in yolunu daha çok bekledim. Uzun zaman gelmedi. "Çerçi Ahmet ölmüş." dediler. Çok üzüldüm. Onu seviyordum, çünkü köyümüzün etrafında çevrili olan duvarların ötesini görmemi sağlayan insanlardan biriydi. Sohbetlere konu oluyordu. Fıstıklarını, oyuncaklarını, kırık leblebisini, 'Çerçi geldiiiiiii.' diye bağırmalarını unutamazdık.

Bir gün Enver koşarak geldi.

- Metin, Metiiin.

- Ne var lan?

- Sana bir şey diyeceğim, inanmayacaksın.

- De bakalım.

- Çerçi Ahmet geldi. Dükkânın önünde duruyor.

- Saçmalıyorsun.

- Valla geldi, inanmıyorsan kendin bak.

Koşa koşa gittik. Oradaydı, arabasının başında. Hayretle baktım. Demek ölmemişti. O sırada Kel Arif geldi.

- Yahu Ahmet Ağa, senin için öldü dediler, doğru mu?

Çerçi Ahmet kahkahayı bastı.

- Hee, doğru söylemişler. Öldüm, öbür dünyadan geliyorum. Bak bu incirleri de cennette melekler dağıtırken aldım. Yer misin? Al da tadına bak.

PEYGAMBERİ SEVİYORUM ALLAH'I SEVMİYORUM

Yazın camide gördüğümüz din ve Kur'an dersleri güzel geçiyordu. İsmail Hoca, bizi güler yüzle karşılıyor, herkese ayrı ayrı "Hoş geldin." diyor ve dersleri esprili bir şekilde anlatıyordu. Arada bir bizimle top oynuyor, bazen de caminin içinde bizi güreştiriyordu.

Okula gitmek zorunlu idi ancak camiye gidip gitmemek serbestti. Annem, babam ve dedem beni okula gitmeye zorladıkları halde isteksiz gidiyordum, kimse beni camiye gitmeye zorlamadığı halde severek ve isteyerek gidiyordum. Geçen seneki Mahir Hoca zamanında tam tersi oluyordu.

- Hocam kızmazsanız aklıma takılan bir şeyi sorabilir miyim?

- Tabii sorabilirsin Metin, niye kızayım ki?

- Buraya gelmeden önce annemle babama sorular soruyordum, bazılarını bilmiyorlardı.

- Herkes her şeyi bilemeyebilir yavrum.

- Babam dedi ki, camiye gittiğin zaman hocaya sorarsın.

- İyi demiş.

- Selim arkadaşımız, ben Peygamberimizi seviyorum ama Allah'ı sevmiyorum diyor. Böyle olur mu hocam?

- Metin'in söylediği doğru mu Selim?

- Evet hocam.

- Peki, neden böyle düşündüğünü söyler misin?

- Geçen sene burada bir hoca vardı, adı Mahir miydi, neydi? İşte o hoca demişti ki, yalan söylersen, kuş avlarsan, koyunlara işkence yaparsan, namaz kılmazsan, kardeşini döversen Allah seni cehenneme atar ve orada fokur fokur kaynayan kazanların içinde yakar.

- Gerçekten böyle mi söyledi Mahir Hoca?

- Evet, aynen böyle söyledi.

- Başka neler dedi?

- Allah günah işleyenleri ateşe atacağı zaman Hz. Muhammed cehennemin kapısına dikilecek ve diyecek ki, "Allah'ım sen kullarını bağışla, onlara işkence etme, günahlarını affet."

- Demek bunları anlattı.

- Evet hocam, ben de diyorum ki Allah bizi sevmediği için ateşe atıyor, peygamberimiz bizi sevdiği için Allah'ın elinden kurtarmaya çalışıyor. Ben de bunun için Allah'ı sevmiyorum, peygamberimizi seviyorum.

İsmail Hoca Selim'i dikkatle dinledi. Ona kızmadı, bağırmadı ve onu ayıplamadı. Yerinden kalktı ve gelip elleriyle Selim'in başını okşadı. Gülümseyerek gözlerine baktı.

- Selim, senin yaşında insanın aklına birçok soru gelir. Bilinmeyen, görünmeyen şeyleri daha çok merak edersin. Büyüklere sorarsın, cevap alamazsan aklın daha da karışır.

- Evet hocam çok merak ediyorum.

- Peki, şimdi sana cevap vereceğim.

İsmail Hoca devam etti.

- Çocuklar haydi şimdi hep beraber dışarıya çıkıyoruz. Selim'in sorduğu sorunun cevabını beraberce bulacağız.

Dışarıya çıktık. İsmail Hoca uzun bir merdiven getirip yandaki binanın çatısına dayadı.

- Şimdi hep beraber dama çıkıyoruz. Dikkatli ve yavaş çıkın.

İsmail Hoca merdiveni sıkıca tuttu. Hepimiz sırayla dama çıktık. Hocayla beraber 16 kişiydik.

- Çocuklar ben şimdi Bekir'e diyorum ki, Bekir, bak bina yüksek kenarlara yaklaşma, yere düşersen bir tarafın kırılır, belki de ölürsün. Ama Bekir farkında olmadan ya da merak ettiği için kenara doğru yaklaşıyor. Neredeyse düştü düşecek. Selim diyor ki, Bekir dur, düşeceksin. Bekir beni dinlemiyor ve kenara gidiyor, Selim de Bekir'in düşmemesi için çaba gösteriyor. Anladınız mı çocuklar?

- Anladık hocam.

- Peki şimdi sırayla ve dikkatli bir şekilde aşağıya inin teneffüs yapın, biraz oynayın ve 15 dakika sonra içeriye girin.

Merakımız iyice arttı:

- Çocuklar insanın gidebileceği iki yol var: Biri iyilik yolu, diğeri de kötülük yolu.

Allah insanlara diyor ki; "Ey insanlar, bakın bu kötülük yolundan giderseniz sonunda cehennem var, iyilik yolundan giderseniz sonunda cennet var. Ben sizin cennete gitmenizi istiyorum." İşte çocuklar, Allah peygamberleri insanlara iyilikleri, güzellikleri, faydalı işleri anlatmaları için göndermiştir, çünkü Allah herkesin cennete gitmesini istiyor. Bazı insanlar Allah'ı dinlemeyip olumsuz duygulara ve düşüncelere uyuyorlar. Yani içindeki kötü seslere kulak veriyorlar. Ya da işlerine gelmediği için dinlemek istemiyorlar.

Cehenneme gitmeyi kendileri seçiyorlar. Peygamberler defalarca anlatıyorlar ve insanları uyarıyorlar. En sonunda yine de bir umutla Allah'a dua ediyorlar.

- Hıı, anladım hocam, yani Allah kimseyi cehenneme atmıyor, insanlar kendileri cehennemin yoluna giriyorlar.

- Evet Ahmet, doğru anlamışsın.

- Allah peygamberleri de kendisini dinlemeyen insanları defalarca uyarsın diye yolluyor. Yani Allah bizi çok seviyor.

- Aynen öyle İsmet.

- Damdayken siz Bekir'e, kenara yaklaşmamasını söylerken bunu anlatmak istediniz değil mi?

- Evet yavrum.

İsmail Hocanın bu bilgileri nereden öğrendiğini merak ettim.

- Hocam siz bütün bunları nereden biliyorsunuz?

- Kur'an'da yazıyor Metin.

- Namaz kıldırırken Kur'an okuyorsunuz ya, oradan mı öğreniyorsunuz.

- Evet.

- Siz Arapça anlıyor musunuz?

- Evet anlıyorum tabii ki.

- Biz nasıl öğreneceğiz.

- ...

- Bizim de anlamamız için niye Kur'an'ı Türkçe okumuyorsunuz da Arapça okuyorsunuz?

- Bugüne kadar böyle gelmiş de ondan.

- Siz öyle okurken kimse anlamıyor ki.

- Olsun anlamasanız da sevaptır.

- Siz Türkçe okusanız olmaz mı?

- ...

İsmail Hoca bir süre sustu.

- Olmaz Metin, biz büyüklerimizden böyle öğrendik.

Allah'ın bizi sevdiğini anlamıştım ama Türkçe bildiğimiz halde Kur'an'ı neden Arapça okuduğumuzu bir türlü anlamamıştım.

İsmail Hoca aklımıza takılan her soruya cevap veremiyordu ama yine de dini bilgileri çok güzel anlatıyordu. Hepimiz namazın nasıl kılındığını, bazı sure ve duaları öğrenmiştik. Hatta ben müezzinlik yapmaya bile heveslenmiştim. Kuzu gütmeye gittiğimizde Orhan türkü söylerken ben ezanı imam gibi okuyabilmek için alıştırma yapıyordum.

Kur'an'ı yüzünden okumayı da öğrendikten sonra yaz kursumuz bitti.

Kuzu çobanlığı beni bekliyordu.

KAHRAMAN'LA DÖVÜŞTÜK

Annem sabahları koyun sağardı. Bunun için de birinin koyunların başını tutması gerekiyordu. Kahraman koyunları tutmayı sevmediği için aramızda sürekli kavga çıkardı.

Bir gün, ben koyun moyun tutmam, diye direndi. Ben büyük olduğum için baskı yaptım.

- Tutacaksın.

- Niye ben tutacakmışım?

- Çünkü ben kuzuları gütmeye götürüyorum.

- Bana ne götürme, tutmayacağım işte.

- Ben hem koyun başı tutayım, hem de kıra gideyim öyle mi?

- Evet öyle.

Kahraman'ın üstüne yürüdüm. Kaçtı. Peşinden koştum. Yolda birdenbire durdu, yerden kırık bir cam parçası aldı.

- Gelme vururum?

- Hadi vur da göreyim.

- Gelme dedim.

- Yürü lan.

- Git bak vururum.

İkimiz de iyice gerilmiştik.

Bir adım daha attım. Kahraman elindeki cam parçasını rastgele salladı. "Yandım anaaamm." diye bağırdım. Cam boynumu kesmişti. Kahraman boynumdaki kanı görünce daha da korkup kaçtı. O zamana kadar annem geldi. Beni eve getirip yaramı sardı. Bu karmaşada Kahraman kimsenin aklına gelmedi. Birkaç saat sonra onu İbrahim Amcamların kümesinde uyumuş bir durumda bulmuşlar. Çok korktuğu için saklanmış.

Bir defa koyun başı tutmamak için direnen sevgili kardeşim beni yaraladığı için bir hafta boyunca tek başına tuttu. Arada bir yanına gidip onu gıcık ediyordum. O da hıncını Nurgül'den alıyordu.

Bir gün baktım şöyle dua ediyor: Allah'ım şu kızı çabucak büyüt de koyunları o tutsun. Ben de kurtulayım bu işten.

Biz yaz aylarında kuzu güderdik, tarlada çalışırdık, dışarıya dökülen arpayı, buğdayı ambara taşırdık, tezek toplardık. Tahsin bunların hiçbirini yapmazdı, annesi onu çalıştırıp yormak istemezdi. Babası, hastalanır diye korkardı. Tahsin sanki kabilenin en kıymetli çocuğuydu. Rahata alıştığı için ders çalışmayı da sevmezdi. Babası onu okutmayı çok istiyordu ama Tahsin'in okumaya pek niyeti yoktu. Bazen kendi aramızda konuşurken "Okuyup da ne yapacağım ki, babamın malı bana yeter." derdi. Ben ve yaşıtım olan bütün çocuklar onun yerinde olmayı çok isterdik. En iyi oyuncaklar onda var, yeni ve güzel elbiseleri o giyer, istediği zaman harçlık alır, tarlada çalışmak ya da kuzu gütmek zorunda kalmaz.

Eee, bir çocuk bundan daha iyi ne ister ki.

DAYIM BENİ KANDIRDI

Gülcan Teyzem bizim köye on kilometre mesafedeki bir köyde oturuyordu. Ben ilkokul dörde kadar bizim köyün dışına çıkmadım. Ne şehir gördüm, ne de başka bir köy. Bizim traktörümüz vardı. Babam ve iki amcam ortaklaşa almışlar. Beni ve Kahraman'ı bindirmezlerdi, küçüksünüz düşersiniz, derlerdi. Ancak Tahsin'in babası onu bindirip gezdirirdi. Bazen kucağına oturur, traktör bile sürdürürdü. Ben traktör sürmeye o kadar çok özenirdim ki, Tahsin sürerken arkasından koşardım.

Dedemlerin traktörü yoktu, at arabası vardı. At arabasını sürebiliyordum. Dayım beni yanına oturtuyor ve dizginleri benim elime veriyordu. Araba sürmesi çok heyecanlı ve zevkliydi. Bazen atlar işediği zaman çiş damlaları rüzgârın etkisiyle yüzüme geliyordu ama olsun, ben yine de vazgeçmiyordum at arabasını sürmekten.

Dayım bazen at arabasıyla teyzemlere giderdi. Ben de gitmeyi çok istiyordum. Acaba orası da bizim köy gibi mi, tarlaları nasıl, ağaçlık mı, yeşillik mi, insanları nasıl, diye merak ediyordum ama dayım beni bir türlü götürmüyordu, çünkü Kahraman da gitmeyi istiyordu ve bunun için aramızda sürekli bir kavga vardı. Dayım da diyordu ki "Aranızda anlaşın, birinizi götüreyim."

Anlaşmak ne mümkün. Ben diyordum ki, ben büyüğüm gitmek benim hakkım, o diyordu ki ben küçüğüm gitmek benim hakkım.

Dayım bir gün dedi ki,

- Bak yeğenim, sen büyük olduğun için öncelikle senin gitmen lazım, ama sen kardeşini ikna edemiyorsun.

- Dayı ne yapsam, ne desem de Kahraman gitmekten vazgeçmiyor. Amma da inatçı yaa.

- Bak sana bir akıl vereyim. Hani sen arabaya binince o da hemen ağlayıp zırlıyor ya.

- Hee öyle yapıyor.

- Sen şimdi yola çık, köyün dışındaki tepenin yanına git. Ömer Amcaların duvarının arkasına saklan, beni bekle tamam mı? Ben birazdan yola çıkacağım, Kahraman seni arabada görmezse mızırdanmaz. Seni oradan alırım, beraber gideriz.

Dayımın bu çözümüne nasıl sevindim anlatamam.

Kimseye çaktırmadan gözden kayboldum. Koşa koşa tepenin arkasına gidip duvarın arkasına uzandım. Heyecanla dayımı beklemeye başladım. Zaman geçmeyi bilmiyordu.

Köyün çıkışındaki taşlı yoldan arabanın tekerlek sesleri gelmeye başladı. Arkasına saklandığım duvarın yanına yaklaşınca ortaya çıkmamla şaşırıp kalmam bir oldu. Kahraman arabadaydı. Nasıl olsa ben ortalıkta görünmüyorum diye babam onu bindirmişti. Onu görmemle ağlayarak köye doğru koşmam bir oldu. Kendimi kandırılmış hissettim. O günden sonra dayıma güvenim azaldı, çünkü söylediği ile yaptığı aynı değildi.

Kahraman teyzemlerde bir hafta kaldı. O yokken sağım vakti koyunların başını ben tutmak zorunda kaldım. Kuzuları güdüyordum, davarı sürüye katıyordum, Aynurların kuyudan su çekip getiriyordum.

BABA YETİŞ

Sevimli'nin yavrularından biri 15 günlükken öldü. Çok üzüldüm. Diğerinin üzerine titredim. Ona bir şey olmasın diye iyi bakıyordum, çünkü güzeldi, sevimliydi. Hem okula giderken, hem de okuldan gelirken ona yiyecek bir şeyler veriyordum. Adını "Garip" koydum.

O gün babamın asker arkadaşı geldi. Babam, Cemal Amcayı çok severdi. Hemen bir koyun kesti. Akşama et vardı.

Cemal Amca çocukları çok severdi. Her gelmede bizi öper, yanına oturtur ve Ali Osman dedemden bile çok harçlık verirdi.

Akşam yemeğini yedikten sonra Garip de karnını doyursun diye kemikleri götürüp onun önüne döktüm. Babamla Cemal Amca camiye gittiler. Bir ara dışarı çıktığımda boğuk bir hırıltı sesi duydum. Baktım Garip'ten geliyor. Hırlayıp duruyor, yanına yaklaştığımda bir de ne göreyim, Garip'in boğazı şişmiş, neredeyse nefes alamıyor. Hemen kahveye koştum, babama haber verdim. Kalkıp geldi, baktı, eliyle Garip'in boğazını yokladı. "Herhalde boğazına bir kemik takılmış, bir süre sonra geçer." deyip tekrar kahveye gitti.

Gece saat 22.00'ye doğru Garip'i yoklamaya gittiğimde gözlerime inanamadım. Boğazı iyice şişmiş sanki bir boru gibi olmuştu. Hırıltılar daha da derinleşmişti. Tekrar kahveye koştum. Babam gelmek istemedi. "Oğlum sabaha iyileşir. Haydi sen git yat." dedi. Dedim ki "Baba Garip ölüyor, ne olur onu kurtar."

Bu sefer Cemal Amcayla beraber geldiler. Babam Garip'in boğazını görür görmez telaşa kapıldı. "Oğlum buna ne olmuş böyle?" dedi.

Ben ağlıyordum, çünkü Garip ölüyordu.

Annem biraz zeytinyağı getirdi, babam bize çaresizce bakan köpeğimin ağzını açtı, annem zeytinyağını boğazına döktü. Babam "Şimdi bu yağ boğazını yumuşatır ve takılı kemik kayıp midesine gider, işte o zaman kurtulur." dedi. Öylece bırakıp yatmaya gittik.

Uykum gelmiyordu. Yattıktan bir saat sonra Kahraman'ı uyandırdım. Beraber gidip bir daha baktık. Hırıltılar azalmıştı. Garip yatmış, biraz sakinleşmişti. Yaklaştım. Nefes alamıyor gibi geldi. Tekrar koşup babamı uyandırdım. "Baba ne olur gelip bir daha bak, ne olur."

Garip'in ölmesini istemiyordum. Kardeşlerinin arasından tek kurtulan oydu. Arkadaşım olmuştu. Kuzu gütmekten gelirken avlunun dışına gelip beni karşılardı. Paçalarıma yapışır, sırnaşır, oynamak isterdi, sözümü dinler, bakışımdan ne demek istediğimi anlardı. Ekmeğimin ucunu bölüp verirdim ona.

Babam Garip'i bir daha kontrol etti. Sonra gidip bir oklava aldı. Ağzını açtı ve oklavayı Garip'in boğazına sokup kemiği mideye doğru itti. "İşte şimdi oldu." dedi. Neredeyse midesine kadar soktuğu oklavayı çekince hırıltı kesildi, Garip rahatlamıştı. Sabaha onu yeniden ayakta görebilmenin ümidiyle girdim yatağa. Onu düşündüm bir süre. Kardeşleri geldi gözümün önüne. Kemal'in suya attığı ve gözümün önünde suya batıp çıkarken inleye inleye ölen kardeşleri... Kurtaramadığım kardeşleri...

İnşallah Garip kurtulurdu.

Sabah erkenden uyanıp koştum samanlığa. Kapıyı açmamla çığlığı atmam bir oldu.

Garip ölmüştü.

O sabah çok ağladım. Çok sevdiğim arkadaşım Garip yoktu artık.

Kahraman'la birlikte onu el arabasına koyduk. Arabayı sırayla sürerek köyün dışına kadar gittik. Onun sığacağı kadar bir çukur kazdık ve Garip'i gömdük.

Eve dönerken ikimiz de ağlıyorduk.

BİR KARDEŞİM DAHA OLDU

Ben, Kahraman ve Nurgül yine çamurla oynuyorduk. Çamuru karıp biçimlendirmek, sonra da ondan oyuncaklar yapmak en önemli oyunumuz ve eğlencemizdi. Nurgül, daha dört yaşında olduğu için oyunlarımıza yeni yeni katılıyordu. Arada bir kavga edip birbirimize girsek de çoğu zaman birbirimizle uyumluyduk.

Annem, bizi öyle üstü başı çamur olmuş bir durumda görünce yine kızdı. "Ya benim sizden bu çektiğim ne yaa!" deyip bize bağırdı. Eline ev süpürgesini aldı ve bizi dövmek için hışımla üzerimize doğru gelirken birden fenalaştı. Süpürgeyi bırakıp olduğu yere çöktü ve karnını tuttu. "Çocuklar, koşun Esma Yengenize haber verin." dedi.

Durur muyum? Jet gibi koştum Esma Yengemlerin evine.

- Yenge, yenge, koş anam hastalandı.

Gülümsedi Esma Yengem. Şaşırdım.

- Yenge, ben anam hastalandı diyorum, sen gülüyorsun!

- Günü gelmiştir oğlum, günü.

- Ne günü?

- Sen anlamazsın, haydi gidelim.

Eve geldiğimizde annemi avludan eve almışlardı. Yanına koştum. Annem karnını tutup bağırıyordu. O sırada biri kolumu tutup dışarı çıkardı.

- Haydi çocuklar, hepiniz dışarı.

- Annem yine mi hastalandı yenge, doktora gidecek mi?

- Yok oğlum hastalanmadı, doktora da gitmeyecek.

- Niye bağırıyor o zaman?

- Size kardeş geliyor anladın mı, yeni bir kardeş.

Üç kardeş dışarı çıktık. Kahraman sordu:

- Kız mı gelecek, oğlan mı?

- Kız gelirse eşit oluruz. İki kız, iki oğlan. Erkek gelirse biz üç oluruz, sen tek kalırsın Nurgül.

Dışarıda bekliyorduk. Babam ebemin yanında duramadı. Hanımı doğum yaparken mahcup olmuş bir şekilde yere bakıyordu. Sonra kalkıp kahvehaneye gitti.

Esma Yengem bir süre sonra dışarı çıktı, yine gülümsüyordu:

- Müjdemi isterim ebeeee, sana bir torun daha geldi. Çocuklar sizin de gözünüz aydın, size bir erkek kardeş daha geldiiiii...

Annem köydeki evimizde, Esma Yengem ve iki komşunun yardımıyla kardeşimi doğurdu. Hem de banyosu olmayan bir evdeki leğenin içinde...

Babaannemin şükür duasını duyduk:

- Allah'ım sana şükürler olsun. Bir yavrumu aldın, yerine birini daha verdin. Sana hamd ediyorum Yarabbi.

Kardeşimin adını Fatih Koyduk.

ALLAH'A DUA ETTİM

Okulların açılmasına bir hafta vardı.

Babaannem namazdan sonra dua ediyordu. Dua bitince sordum:

- Ebe, sen Allah'tan ne istedin?

- Herkesin iyi olmasını.

- Allah herkesin istediğini kabul eder mi?

- Samimiyetle istersen kabul eder.

- Ben de Allah'a dua etsem Allah kabul eder mi?

- Eder tabii.

O gece yatmadan önce Allah'a dua ettim:

"Allah'ım seni çok merak ediyorum. Seni görmek, seninle tanışmak istiyorum. Nasıl biri olduğunu, neye benzediğini, nerede oturduğunu öğrenemedim. Kime sorduysam cevap vermediler. Kimi kızdı, kimi dövdü, kimi sustu. Bir gün bize gelsen, seni tanısam, görsem, ne güzel olur.

Aklım seni daha anlamadı ama içimde senin varlığını hissediyorum. Annemi iyileştir, o hasta olunca bizi bırakıp gidecek ve bir daha da geri gelmeyecek diye korkuyorum. Dayımın dediğine göre iki tane melek gönderip kardeşimi yanına aldırmışsın. O şimdiye kadar seni görmüştür değil mi? Sen onu bizden daha mı çok sevdin? Dedem, sevdiğin insanları yanına daha erken aldığını söyledi.

Allah'ım Savaş Öğretmen beni ve Suna'yı döverken gelip bizi onun elinden kurtarmanı o kadar çok bekledim ki...

Senden tüm kalbimle bir şey daha istiyorum. Melek Öğretmeni bize tekrar gönderir misin? O gelince korkularım yok oluyor; okulu seviyorum ve derslerimi daha iyi öğreniyorum. Aziz Öğretmen de iyi ama Melek Öğretmen bir başka. Eğer dualarımı kabul edersen ben de, ortaokula gitmek için elimden geleni yapacağıma söz veriyorum. Sonra daha büyük okullara gideceğim ve seni tanımak için çok çalışacağım.

Allah'ım herkes sana Arapça dua ediyor. Ben Arapça bilmediğim için ne istediğimi Türkçe söylüyorum. Dedemin dediğine göre sen aklımızdan ve kalbimizden geçen her şeyi biliyormuşsun.

ARTIK BEŞİNCİ SINIFTAYIM

Eylül ayı geldi. Okulların açılma vakti yaklaşıyordu. İbrahim Amcam Tahsin'i ilçedeki ortaokula yazdırdı. Amcam çok hevesliydi. Yengem Tahsin'i dizinin dibinden ayırmak istemediği için biraz üzgündü. "Bir evin bir oğlu, okuyup da ne olacak, yanımızda kalsın, ne işi var gurbette?" deyip duruyordu.

Tahsin'le vedalaşırken kulağıma yanaşıp usulca "Ben şehirde yalnız başıma ne yapacağım, fırsatını bulur bulmaz kaçar gelirim." dedi. Gönülsüzce minibüse binip şehre gitti.

Okul açıldı. Artık beşinci sınıfa geçmiştim. Okulun en büyük öğrencileri bizim sınıf olacaktı. Kahraman da dörde geçti.

İlk gün, bahçede gruplar halinde toplandık. Kızlar her zamanki gibi ip atlıyorlardı, bir kaç kişi de sek sek oynuyordu. Aziz Öğretmeni görünce etrafını sardık. Kızlar da yanımıza geldi. Öğretmenimizin parmağında yüzük vardı. Suna sordu:

- Öğretmenim evlendiniz mi?

- Evet evlendim.

- Kiminle?

Rukiye "Sen nereden tanıyacaksın ki?" diye sorunca bir kahkaha koptu.

- Belki de tanıdığı biridir canım, dedi Aziz Öğretmen.

- Tanıması için bizim köylü olması lazım.

- Belki buradan geçmiştir.

- Çerçi Ahmet'in kızı mı?

- O kim ya?

- Bizim köyden Çerçi Ahmet'ten başka kim geçer ki?

- Çerçi Ahmet tamam da, kızının geçtiğini hiç görmedik.

- Öğretmenim kim olduğunu söyler misiniz merak ettim.

- Tamam, söyleyeceğim ama biraz daha merak edin bakalım.

- Öğretmenim düğünü nerede yaptınız?

- Düğünü daha yapmadık, önümüzdeki yaza inşallah.

- Öğretmenim bizi de çağırırsınız değil mi?

- Tabii ki.

Konuşmalar böyle gülerek devam ederken zil çaldı. İstiklal marşı için toplandık. Bir öğretmen İstiklal Marşını söyletmek için merdivene çıktı. O güne kadar ne yaptığını hiç anlamadığım o hareketleri yine yaptı. Marşın sonuna kadar ellerini bir aşağı, bir yukarı, bir içe, bir dışa sallayıp durdu.

Şimdiki sınıfımız geçen sene beşlerin okuduğu sınıftı. Bazı arkadaşlarımız boy atmıştı. Bu yüzden bizi boy sırasına göre yeniden oturttu. Masalar dikdörtgendi ve uç uça eklenmişti. Öğretmen, kızları masanın bir tarafına, erkekleri diğer tarafına yani karşılıklı oturttu. Suna benim karşımdaydı. Sağımda Osman, solumda Bekir vardı. Suna'nın yanında da Aynur.

Öğretmen sordu:

- Çocuklar okul bittikten sonra ortaokula gitmek isteyen var mı?

Sadece Suna parmak kaldırdı. Aslında ben de istiyordum ama bizimkiler göndermeyecek diye kaldırmadım parmağımı.

- Suna'dan başka okumak isteyen yok mu?

- ...

Aklıma ilkokuldan önceki günlerimiz geldi. Ne kadar da meraklı çocuklardık. Her şeyi soruyor, büyüklerimizi rahatsız ediyor, azar işitiyor, yine de vazgeçmiyorduk. Etrafı karıştırıyor, eşyaları kurcalıyor, radyoyu dağıtıyor, teneke kesiyor, çivi çakıyor, gaz lambasını deviriyor, hayal kuruyor, yangın çıkarıyor, içinde civcivin nasıl çıktığını öğrenmek için yumurtayı kırıyor, kuzunun nereden çıktığını görmek için koyunun kuyruğunu kaldırıp altına bakıyor, büyüklerden yine azar işitiyor ve yine vazgeçmiyorduk.

Bu kadar meraklı ve öğrenme heveslisi olan bizlere ne olmuştu da okuldan sıkılmış, okumaktan vazgeçmiştik.

Dalıp gitmişim. Aziz Öğretmenin sesiyle kendime geldim:

- Haydi çocuklar söyleyin bakalım, neden ilkokuldan sonra okumaya devam etmek istemiyorsunuz?

- ...

Suna'nın gülümseyişine bakarken Savaş Öğretmen geldi gözümün önüne. Elinde her gün kavaklıktan kestiği yaş sopası, zinciri, bizi dövdüğü soba demiri, yüzündeki kızgınlığı, bağırması, hakaretleri, azarlayıp sövmesi, aşağılaması...

Aslında hepimiz toprağa ekilen tohum gibiydik, filizlendikçe o bizi ezdi, fidan gibiydik, büyüdükçe budadı, çiçek gibiydik açtıkça soldurdu.

Beynimiz de böyle. Rencide edildikçe bir kaplumbağa gibi içine çekildi. O çocuksu merakımız, öğrenme heyecanımız kafatasımızın içinde ölüp gitti.

Sonra Melek Öğretmen geldi gözümün önüne. Gözlerimize baktığında yüreğimizi gören, yüzümüze baktığında beynimizi uyandıran, omzumuza dokunduğunda sanki bizi gömüldüğümüz mezarın içinden çıkaran ve konuştuğunda içimizdeki güçleri harekete geçiren Melek Öğretmen. "Metin sen gökteki en güzel yıldızsın, yıldızını parlak tut olur mu?" diyen, Suna'nın evine gidip onu okula yeniden getirmeyi başaran, evlerimize ziyarete gelip ailelerimizi bilinçlendirmeye çalışan Melek Öğretmen. Okuldan ayrılınca içimizde tutuşturduğu öğrenme ateşi sönmeye yüz tutan Melek Öğretmen...

Aziz Öğretmen sönen o ateşi canlandırmak için uğraştı ama yine de önceki gibi olmuyordu.

- Metin sen okumak istemiyor musun?

- Öğretmenim istiyorum ama babam göndermek istemiyor.

- Neden?

- ...

Benim yerime Aynur cevap verdi.

- Paraları yok öğretmenim, hem de Metin'in kuzu gütmesi lazım.

Aziz Öğretmen sustu, yüzünü pencereye çevirdi. Camdan dışarıya bakarken dalıp gitti.

Anlaşılan Aynur'dan bu sene de çekeceğim vardı.

ZAAART!

Okulun açılmasının üçüncü günüydü. Son sınıf olduğumuz için, kızlar abla, erkekler abi havasına girmişti bile.

Sınıfta otururken tuvaletim geldi, öğretmene söylemeye utandım, teneffüsü beklemeye başladım. Çok sıkıştım. Kendimi zor tutuyordum. Zaman geçmeyi bilmiyordu. Artık dayanılmaz noktaya geldim. Teneffüse daha on dakika vardı. Tam o sırada Bekir'in bir şey söylemek için eliyle bana dürtmesi ile kendimi bırakmam bir oldu. "Zaaart!" diye bir ses... Gaz kaçırmıştım. Tüm sınıf duydu. Aynur birden bana bakıp "Bu yaptı." deyiverdi. İçim zaten ona karşı öfke doluydu ya, aniden "Hayır sen yaptın." dedim.

- Ben yapmadım.

- Hayır sen yaptın, bir de benim üzerime atıyorsun.

- Niye atayım ki? Sen yaptın ya.

- Sus, kendi yaptığını benim üstüme atıyorsun.

Aynur sinirinden ayağa kalktı. Millet ona bakınca:

- Ben yapmadıııımm, diye bağırdı.

Bir anda sınıfta bir gruplaşma oldu. Aynur'u tutanlar, beni tutanlar. Gürültü artınca Aziz Öğretmen "Susun!" dedi.

- Ne var, ne oluyor orada?

- Öğretmenim bu şey yaptı, suçu üstüme atıyor.

- Hayır öğretmenim o yaptı, suçu benim üzerime atıyor.

Öğretmen yanımıza yaklaşıp etrafımızdakilere baktı. Aynur'u tutanlar benim yaptığımı, beni tutanlar Aynur'un yaptığını söylüyorlardı.

Öğretmen bir bana, bir de Aynur'a baktı. Sonra sınıfa döndü:

- Çocuklar hiçbiriniz bilemediniz, ben yaptım.

Sınıf birden sessizleşti. Öğretmen gülümseyerek oturduğu masanın demirden olan ayağını yerdeki betona sürttü ve gaz kaçırma sesine benzer bir ses çıktı.

- Bakın çocuklar ben yapmışım, daha doğrusu masa yapmış, arkadaşlarınızı boşuna suçlamayın.

Sınıftakiler öğretmenimize ne kadar inandı bilmiyorum ama ben çok utanmıştım.

O akşam yatağa uzandığımda, bir Savaş Öğretmenin bizi, altımıza kaçıracak kadar çok dövüp sınıfın önünde rezil etmesini düşündüm, bir de Aziz Öğretmenin kusurumuzu bildiği halde sınıfın dikkatini başka bir yöne çekerek çocukluk onurumuzu kurtarmasını...

Aynur, yaptıklarımdan dolayı benimle dalga geçiyordu. Oysa ben bir şey yapmadığı halde kendi kusurumu onun üzerine atmıştım, bu yaptığım bir iftiraydı.

Aynur'a kızgınlığım devam etse de, bu hareketi kendime yakıştıramadım ve onu gördükçe kendimden utandım.

Cuma günü öğleden sonra Aziz Öğretmen dedi ki;

- Çocuklar ben bugün Eskişehir'e gidiyorum. Pazartesi Günü okulda olmayacağım. Salı Günü gelirim.

- Öğretmenim gezmeye mi gidiyorsunuz?

- Hayır yavrum, bir işim var. Gelirken belki size bir sürpriz yaparım.

Öğretmenimizin nasıl bir sürpriz yapacağını merak ettik. İstiklâl Marşı için sıraya geçerken kendi aramızda sürprizin ne olabileceğini konuşuyorduk.

KOVALA ŞU TAVUKLARI

Cumartesi Günü öğle vakti duvarın gölgesinde ailece oturmuş, çay içiyorduk. Babaannem dinlemeye doyamadığımız o güzel hikâyelerinden anlatıyordu. O sırada Aynurların tavukları bizim avluya geldi ve ambarın önündeki arpa yığınına doğru ilerlemeye başladı. Babaannem telaşla bana döndü:

- Kalk da şu tavukları kovala!

- Ya ebe elleme de, bir avuç arpa yesinler.

- Sus be! Ne arpa yemesi?

- Leblebi almak için arpayı çerçiye verdirmiyordun, bırak da bari tavuklar yesin.

- Tamam, arpa yesinler ama sen yine de kalk ve kovala onları.

- Neden?

- Sen dediğimi yap gel, anlatayım.

İsteksizce kalkıp tavukları kovaladım. Hepsini de kendi avlularına sürdüm.

- Kul hakkı diye bir şey duydun mu?

- Duymadım ebe.

- Allah diyor ki, ben her günahı affederim ama karşıma kul hakkıyla gelmeyin. Kul hakkını affetmem.

- Nasıl yani?

- Ben size arpayı niye vermiyordum biliyor musunuz? Baban amcalarınla ortaktı. Arpa bizde duruyordu ama sadece bizim değildi. Amcaların çocuklarının da hakkı vardı. Siz yiyip de onlar yemezse işte bu kul hakkı olur anladın mı?

- Ebe, anladım da bunun tavuklarla ne ilgisi var?

- Bu tavuklar kimin?

- Aynurgilin.

- Bu tavuklar burada arpa yerse, bir şey olmaz, helal olsun. Eğer bu tavuklar biz görmeden kümese yumurtlarsa ve biz de yumurtaları bizim zannedip yersek, helâl olur mu oğlum?

- Olur tabi, bunda ne var ki?

- Ya sahibinin rızası yoksa?

- O zaman helal olmaz mı?

- Olmaz.

- Bir yumurtadan ne olacak, helâl ederler herhalde.

- Ya etmezlerse...

- ...

- İşte o zaman yediğin yumurta helal olmaz. Başkasına ait bir şeyi ondan habersiz alıp yersen haram yemiş olursun.

- O zaman ne olur?

- Ne olacak, karakterin bozulur, dürüstlüğün kalmaz. Öbür dünyada başkasına ait bir şeyi ondan habersiz almanın hesabını verirsin.

Babaannem bunları anlatırken Kahraman'la göz göze geldik. Galiba ikimiz de aynı şeyi düşünüyorduk.

İçime bir korku düştü. Mahir Hocanın anlattığı cehennem azabı geldi aklıma. Onun anlattığına göre, fokur fokur kaynayan kazanlarda yanacaktık o zaman. Acaba bunun bir çaresi yok muydu?

- Ebe, diyelim ki biri başkasına ait bir şeyi aldı ve yedi, sonradan da onun haram olduğunu öğrendi. Bu durumda ne yapması lazım?

- Ya aynısını geri sahibine verecek, ya da gidip ondan helâllik dileyecek.

Yaptığımızın yanlış olduğunu fark etmiş olarak yine Kahraman'la birbirimize baktık.

Annem anlamıştı biz de bir şeyler olduğunu.

- Hayırdır Metin, var sizde bir şeyler.

- Sen söyle, dedim Kahraman'a.

- Hayır sen söyle, ebem seni daha çok sever, dedi.

- Ebeee!

- Nee?

- Bir şey diyeceğim ama kızma.

- De bakalım.

- Senin dolap var ya...

- Evet var ne olmuş?

- Hani onun içinde yiyecekler var ya...

- Eee.

- Babam, annemi Ankara'ya götürmüştü ya…

- Söylesene oğlum.

- Canımız gofret istediydi. Sen de bize arpa vermemişin. Para da yoktu.

- Hıııı.

- Biz de dolabındaki lokumlardan yedik.

- Vay keratalar vay!

- Şimdi sen onları helâl etmezsen, biz cehennemde yanarız değil mi?

- Yanarsınız tabii.

- Ama sen bize kıyamazsın ki...

Ebem gülümsedi. Güçsüz kollarını bize doğru açınca, kucağına atladık.

- Aferin size. Hah işte her zaman böyle dürüst olun. Ahlâkınız güzel olsun, herkes size güvensin.

Annem çayları tazelerken babam, "Bu çayın yanında bisküvi de ne güzel yenir değil mi çocuklar?" dedi.

Babaannemin cevabıyla yerimizden fırladık:

- Bakın bakalım dolapta kalmış mı?

SÜRPRİZ

Salı günü sınıfa girdik. Tüm sınıf, Aziz Öğretmeni bekliyorduk.

Öğretmenimiz geldi. Sürprizin ne olduğunu merak ediyorduk.

- Öğretmenim sürpriz yapacaktınız.

- Sürpriz mi?

- Evet.

- Beş dakika sonra, dedi ve sustu.

Öğretmen masasına geçti, sandalyesine oturdu. Tek tek hepimizin yüzüne bakmaya başladı. Biraz durgundu. Suna'ya baktım usulca. "Neredeyse ağlayacak!" dedi.

Beş dakika sonra kapı çaldı. Öğretmenimiz yerinden kalktı. Kapıya doğru yönelirken seslendi: "Geeeel!"

Kapı açıldı. Sınıfta sanki güneş doğmuştu. İçimiz ısındı, gözlerimiz parladı, yüzümüz aydınlandı, kalbimiz yerinden fırlayacakmış gibi atmaya başladı.

Önce sınıfta "Öğretmeniiim!" sesleri yükseldi. Ardından Suna yerinden kalkıp koştu. Sarıldı Melek Öğretmenimize.

Kelimenin tam anlamıyla sürpriz olmuştu.

- Çocuklar, size verdiğim sözü tuttum. Size yapacağım sürpriz, Melek Öğretmenimizdi.

Benim hasta bir annem var, benden başka bakacak kimse yok. O yüzden Eskişehir'e tayin istedim. Tayinim çıktı. Üzülmenize gerek yok, çünkü yerime sizi çok seven bir öğretmen geldi. Ben sizi çok sevdim. Sizi unutmayacağım, hepinizi kalbimde götürüyorum. Başarı haberlerinizi bekliyorum. Hoşça kalın.

Ben neye uğradığımı şaşırmıştım. Ettiğim duayı hatırladım ve kabul ettiği için Allah'a şükrettim. Bir taraftan Melek Öğretmenin geri gelişine sevinirken, diğer taraftan da Aziz Öğretmenin gideceğine üzülüyordum, ama hasta bir annem var demesi üzüntümü hafifletti. Benim annem hastalandığında ben de ondan ayrılmak istemezdim.

Hepimizi tek tek öptü. Sonra yaşlı gözlerle Melek Öğretmene baktı.

- Sizden bu çok güzel yavruları emanet almıştım. Şimdi onları size geri veriyorum. Gözüm arkada kalmayacak. Allah'a ısmarladık.

Ellerimiz çatlayıncaya kadar alkışlıyorduk o harika öğretmeni...

Ne kadar yüce bir insanı alkışladığımızı bilmeden...

SUYA DÜŞEN KARINCA

Okul başladığı için sadece hafta sonları kuzu güdüyordum. O hafta kuzuları Kahraman'la birlikte alıp kıra değil de çayırlığa götürdük. (Kemal'in, Sevimli'nin yavrularını attığı suyun geçtiği çayırlığa.) Çayırlıkta küçük bir su kaynağı vardı.

Öğle sıcağında su kaynağının kıyısındaki ağaçlardan birinin altına oturduk. Çıkınımızı açıp azığımızı yemeye başladık. Düşen ekmek kırıntılarının etrafında önce birkaç karınca dolaşmaya başladı. Sonra çoğalmaya başladılar. Yemekten sonra ellerimizi yıkarken, karıncalardan biri suya düştü. Fazla akıntı olmadığından dolayı karınca olduğu yerde hareket etmeye başladı. Kahraman'la bir süre onu seyrettik. Kenara geliyor, sudan çıkmaya çalışıyor ama bunu bir türlü başaramıyordu.

Kahraman daha fazla dayanamadı. Kurumuş, ince bir ot aldı, karıncanın yanına doğru uzattı. Suda çırpınıp kıyıya çıkmayı başaramayan karınca, ota dokunur dokunmaz onu bacaklarıyla kavrayıverdi ve üzerine çıktı.

Bir süre kıpırdamadan öylece kaldı. Kahraman, otun üstündeki karıncayı sudan çıkarıp toprağın üzerine indirdi. Ne tarafa gideceğini bilmeden önce bir kaç daire çizen karınca, sonra belirli bir yere doğru hareket edip gözden kayboldu.

- Sudan çıkarmasaydık bu akşam karıncanın ailesinde hüzün olacaktı, akraba ve çocukları endişe içinde onu bekleyeceklerdi.

"Tıpkı annemizi beklediğimiz gibi..." dedi Kahraman.

TAHSİN ŞEHRİ ANLATIYOR

Melek Öğretmenin gelişiyle bizim sınıfın havası değişti. Heyecandan yerimde duramıyordum. Öğretmenin verdiği ödevleri hemen yapıyor, sınıfta sürekli parmak kaldırıyor ve sorulara cevap veriyordum. Suna benden daha başarılıydı. Öğretmenimiz bana "Parlayan Yıldız", Suna'ya da "Gönül Doktoru" diyordu.

- Metin, derslerin hep PEKİYİ idi, ama geçen sene İYİ ile geçmişsin.

- ...

- Ne oldu sana?

- ...

- Söylesene yavrum, ne oldu da başarın düştü?

- Bir şey olmadı öğretmenim.

- Olmuş, olmuş, yoksa sen 'PEKİYİ'den aşağı not almazdın.

- Öğretmenim ortaokula gitmeyecek ya onun için fazla çalışmıyor, diye benim yerime Aynur cevap verdi.

- Doğru mu Metin, ortaokula gitmeyecek misin?

- Siz de biliyorsunuz ben istiyorum ama...

- Anladım, evdekiler.

- ...

- Sen şimdi çok çalış, derslerini iyi öğren, notların PEKİYİ olsun, ben ailenle konuşurum tamam mı?

- Tamam öğretmenim.

29 Ekim Cumhuriyet Bayramı tatilinde Tahsin, köye geldi. Ortaokulu, şehri, orada neler olduğunu öyle merak ediyordum ki, hemen o akşam ailece onlara oturmaya gittik. Bir baktım ki bizim sülale orada toplanmış. Ev tıklım tıklım dolu. Oturmaya yer yok.

Biz dışarıya çıktık. Ben, Kahraman, Celil, Osman, Cemil, Mehmet, Yusuf...

Tahsin'in üstü başı tertemizdi, bizimki toz toprak içinde. Onun pantolonu ütülüydü, bizimki yamalı. Onun yüzü parlıyordu, bizimki güneşten kavrulmuş. Onun saçları uzundu ve güzel taranmıştı, bizimki üç numara. Onun bir havası vardı, bizim ona hayranlığımız. Aynur ona "tahsilli" diyordu, bana "sidikli."

- Anlatsana Tahsin, şehir nasıl?

- Nasıl anlatsam ki, çok güzel.

- Nasıl güzel?

- Güzel işte.

- Allah Allah! Yahu biz nereden bilelim güzelliğini, sen bir anlat.

- Bir kere lokantada beş altı çeşit yemek oluyor, bizimki gibi her gün patates, bulgur değil.

- Sen her gün lokantada mı yiyorsun?

- Hee, babam lokantacıya para vermiş, ben her gün öğle yemeğimi lokantada yiyorum.

- Başka.

- Sinema var.

- Sinema mı? O nasıl bir şey?

- Film oynuyor. Bir makina var, ışığını duvara tutuyorlar, adamlar duvarda hareket ediyor, aynı gerçek gibi ha.

- Vallahi aklım almadı.

- Sende akıl mı var oğlum?

- Başka neler güzel?

- Çok yerde televizyon var. Bazı akşamları yurtta seyrettiriyorlar.

- Okul nasıl?

- Buradaki gibi tek öğretmen yok. Yedi sekiz tane öğretmen var, her dersi başka biri anlatıyor.

- Sahi mi yaa?

- Sahi aslanım, sana yalan borcum mu var?

- Tamam, tamam kızma. İnsanın inanası gelmiyor.

- İnanmıyorsan kendin git bak.

- Başka?

- Şehirde gaz lambası yok. Her evde elektrik var, hatta her odada. Belki inanmazsınız ama sokakları bile büyük lambalarla aydınlatıyorlar.

- Şehirli çocuklar da bizim gibi mi?

- Ya nasıl olacak Metin, tabii bizim gibi.

- Öğretmenler nasıl?

- Bazıları iyi, bazıları gıcık. Hele biri var, nasıl bir dövüyor inanamazsın. Bir vurdu mu, bir de duvar vuruyor.

- Savaş Öğretmen gibi mi yani?

- Ondan daha berbat.

Konuşmalarımız böyle sürüp gitti. Tahsin konuştukça şehri görme ve ortaokula gitme hevesim artıyordu. Başımı yastığa koyduğumda hayaller kurmaya başlamıştım bile.

TİYATRO DAYAĞI

Öğretmenimiz dedi ki:

- Çocuklar bu yıl bir tiyatro oyunu hazırlayacağız.

- Tiyatro ne öğretmenim?

- Biriniz anne, biriniz baba, biriniz çocuk, biriniz komşu olacaksınız. Herkesin birer rolü olacak. Sahnede söyleyeceğiniz sözleri ezberleyeceksiniz. Sonra da çıkıp rolünüzü oynayacaksınız.

- Sahnede ne diyeceğiz öğretmenim?

- Onları birlikte belirleriz. Şimdi söyleyin bana, kimler tiyatroda rol almak istiyor.

Öğretmen isteklilerin adını yazdı. Heyecanla eve geldim:

- Anne okulda tiyatro oynayacağız.

- O ne demek oğlum?

- Anne yani birimiz çocuk olacağız, birimiz kadın, birimiz de onun kocası.

- Kocası mı?

- Hee.

- Siz, tiyatro mu ne zıkkımsa işte, onda soytarılık mı öğreneceksiniz?

- Ne soytarılığı anne?

- Sus, böyle edepsiz oyun olmaz. Oyun moyun yok, sakın katılma. Karışmam ha, yoksa babana söylerim.

Annemi dinlemedim, çünkü Melek Öğretmen bize kötü bir şey öğretecek değildi ya.

Ben baba olmuştum, Suna da anne. Yani ben onun kocası oluyordum. Yan yana geldiğimizde heyecanlanmadım desem yalan olur. Osman da oğlumuz oluyordu.

Rolümü ezberledim. Oynama tarihi belli olduktan sonra annemle babama söyledim. Annem kızdı, ama yapacak bir şey yoktu. Babamın cevabı her zamanki gibiydi:

- Ne yapalım olmuş bir kere, olmasaydı iyi olurdu ya, neyse.

- Onları da çağırdım, gelmediler.

Oyun yatsı namazından sonraydı. Geç saatlerde eve geldim. Annem yatıyordu, babam da kahvehanedeydi.

Sabah, annemin öfkeli bağırmasıyla uyandım.

- Ne bu yastığın hali?

Ben baba olduğum için öğretmen boyayla dudağımın üstüne bıyık, çeneme de sakal yapmıştı. Eve karanlıkta döndüğüm için annem fark etmemiş. Ben de yıkamayı unutup öylece yatağa girmişim.

Sabah uyandığımda beyaz yastığın üstü boyayla kirlenmiş, yer yer kararmıştı.

Böylece ilk sanat deneyimim yediğim dayakla son bulmuştu. O günden sonra bu tür etkinliklere pek sıcak bakamadım.

DUVARLARI AŞMAK

Bizim köyde gelenekler çok güçlüydü. İnsanları okumazdı. Evlerde Kur'an'dan başka kitap olmazdı, bazı evlerde de tek tük ilmihal kitapları olurdu. Okul gereksiz görülürdü. Millet camiye dolardı ama imamın vaazlarını kimse dinlemez, dinlese bile öğrendiklerini hayatına uygulamazdı. En güçlü etki geleneklere aitti.

"Babam böyle yapardı, amcam tarlayı böyle ekerdi, dayım büyüklerin yanında şöyle saygılı dururdu. Kimse icat çıkarmazdı. Herkes büyüklere sorgusuz sualsiz itaat ederdi. Gelinler kayınbabalarıyla sesli konuşamazlardı. Bir baba kızını birine verdi mi asla karşı çıkılmazdı. Sorgulanmayan bir saygı vardı. Büyüklerden önce sofraya oturulmazdı. Bebeklerin mutlaka kırkı çıkarılırdı. Camide kimse hocaya soru soramazdı. Öğretmeni gördük mü korkudan eve kaçardık vb..."

Bunlar büyüklerden en çok duyduğum sözlerdi. Hele benim annem daha tutucuydu. Beni geleneksel anlayışın içine hapsetmek için elinden geleni yapardı.

"Benim oğlum pek akıllı, ağzı var dili yok, büyüklerin yanında hiç konuşmaz, hatta ağzını bile açmaz."

"Benim oğlum pek terbiyeli, büyüklerine çok itaat eder, eline vur ekmeğini al, hiç itiraz etmez, gıkı bile çıkmaz."

"Benim oğlum annesinin sözünden hiç çıkmaz, öl desem ölür, pek usludur, benim oğlum misafirlerin yanında hiçbir şey istemez."

Yeni bir şey yaptığımda da en çok duyduğum sözler şunlardı:

"Lan oğlum otur oturduğun yerde, bunu yapmak sana mı kalmış!

Eski köye yeni adet mi getireceksin sen şimdi?

İcat çıkartma.

Uslu dur, büyüklerin sözünün dışına çıkma.

Ayıp olur, kimseden bir şey isteme.

Yani bunu senin büyüklerin akıl etmemiş de sen mi akıl ediyorsun?

Bak bunu başka yerde söyleyip de milletin kafasını karıştırma. Herkes benim gibi hoşgörülü olmaz haa.

Büyüklerin yanında sakın böyle konuşma çok ayıp olur.

Böyle davranırsan herkes seni kınar."

Herkesin neden büyüklerin beklediği, istediği gibi yaşamak zorunda olduğunu bir türlü anlamıyordum. Büyükler ve gelenekler sanki köyün etrafına bir hapishane duvarı örmüşlerdi ve birilerinin o duvarın dışına çıkmasını istemiyorlardı.

İçimden bir ses bana bu duvarı yıkmamı söylüyordu. Arkasında sanki farklı bir şeyler olduğunu seziyordum ama neler olduğunu tam olarak bilemiyordum.

Ankara'ya giden annemin anlattıkları, öğretmenlerin söyledikleri, radyodan dinlediklerim, bir iki defa gazetede okuduklarım ve Tahsin'in anlattıkları bana başka dünyaların ipuçlarını veriyordu. O yüzden etrafımda çevrili olan duvarları aşıp gitmem gerekiyordu. Galiba bunun ilk adımı ilkokulu bitirdikten sonra ortaokula yazılmaktı, ama annem ve dedem dışında bizimkilerin beni okutmaya niyetleri yoktu.

Akşam yemeğini yedik. Sofrada en çok bulgur pilavı olurdu. Yanında mutlaka ayran ve soğan bulunurdu. Annem çoğu zaman derdi ki, "Bugün size değişik bir yemek yaptım." Sevinçle sorardık, "Ne yaptın anne?" "Mercimekli bulgur." Bir başka gün, domatesli bulgur, sonra biberli bulgur, sonra nohutlu bulgur.

Annem bulgur pilavı konusunda uzman sayılırdı. Çeşit çeşit yemek yapma imkânı olmadığı için bulguru çeşitlendirmeyi öğrenmişti.

Yemekten sonra babam yaylı divana uzanır, uyuklardı.

- Baba, beni ortaokula yazdırdığın zaman, yeni pantolon ve iskarpin alacak mısın?

Babam gözlerini hafifçe aralardı.

- Yine başlama oğlum, ne okuması?

- Baba, ben ortaokula gitmek istiyorum.

- Neyle?

- Minibüsle.

- Yok oğlum yani hangi parayla?

- Sendeki parayla.

- Bende para ne gezsin?

- Var ya.

- Onunla okunur mu lan?

- Okunmaz mı?

- Okunmaz.

- Niye?

- Para yetmez.

- Okumak parayla mı?

- Okumak değil de defter, kitap, elbise, ayakkabı, yurt, harçlık... Bunların hepsi neyle oluyor?

- ...

- Haydi, şimdi sus, uyuyacağım biraz.

- Ebe sendeki paraları bana versen olur mu?

- Ne yapacaksın?

- Okula gideceğim.

- Olmaz, vermem.

- Neden?

- O benim kefen param.

- Kefen ne?

- Biz ölünce, bizi beyaz bir bezin içine koyuyorlar ya, işte ona kefen denir.

- Sen ölecek misin?

- Evet oğlum, herkes ölecek.

- Sen ne zaman öleceksin?

- Allah bilir.

- Anne sende para var mı?

- Yok oğlum, keşke olsa.

- Üfff yaa!

- Ben de senin okumanı çok istiyorum ama durumumuz ortada oğlum. Şehir köy gibi değil ki, orada her şey parayla oluyor.

Yatsı ezanı okunurken Aynurlar geldi. Çaylarla beraber sohbet koyulaştı.

- Metin tutturmuş, ben şehirdeki ortaokula gideceğim, dedi babaannem.

- Canım okuyup da ne olacak, bir sürü masraf.

- Öyle deme Dudu abla. Okusun, belki bir şey çıkar.

- Hani kim okumuş bu köyde?

- Tahsin'e özeniyor.

- Yahu, Tahsin okumaz.

- Niye okumasın ki, şehre gitti ya.

- Canım şehre her giden okuyor mu sanki?

- Okur okur, babası çok hevesli.

- Babası durmasın hevesli olsun. Oğlanda heves yok, oğlanda. Çocuk bir zorluk görmedi ki, her dediğini yapıyorlar, bir dediğini iki etmiyorlar. Çocuk rahata alışmış.

- Öyle deme, bence okur.

- Aha sana bir çizgi. Demedi deme. Göreceksiniz o çocuk bir sürü zayıfla gelecek.

- Valla Melek Hoca dedi ki, Metin'i okutun.

- Zaten ne oluyorsa o Melek'ten oluyor, geldiğinden beri çocukların aklını çeliyor.

- İyi ya, çocuklar açılsın istiyor.

- Açılıp da nereye açılacak. Melek kendi şehirde okumuş. İneği, atı, koyunu, kuzuyu, tezeği, danayı ne bilsin. Geçen sene gitti diye sevindiydik. Bu sene geri geldi, gelmez olasıca.

Aynur annesinden geri kalır mı?

- Elif yenge Metin'i ortaokula yollamayın.

- Niyeymiş o?

- İşte, bence yollamayın.

- Bana bak kız, yoksa kendin gitmiyorsun diye onu kıskanıyor musun?

- Ne kıskanacağım Allah aşkına!

- Niye göndermeyin diyorsun öyleyse?

- Şimdi bu yatağa işiyor ya. Yatılıda da işerse çok ayıp olur.

Herkes güldü... Ben hariç...

Sanki yanlış ve zararlı bir şey yapıyormuşum gibi, ben ortaokula gitmeyi istedikçe karşı çıkanlar artıyordu.

Göründüğü kadarıyla ortaokula gitmek benim için hiç de kolay olmayacaktı.

BACAĞI KIRILAN KUŞ

Aralık ayıydı. Çok kar yağmıştı. Her taraf bembeyaz olduğu için koyunlar bir kaç ay ağılda kalırdı. Sabah, öğlen, ikindi, akşam ve gece olmak üzere hayvanları günde beş defa yemler ve iki defa da sulardık. Kuşlar dışarıda yiyecek bir şey bulamadığı için ağıla girerler ve koyunlara verdiğimiz arpadan yemeye çalışırlardı.

Onları yakalamayı severdim. Avcuma aldığım kuşun tüylerini okşardım, kalbi pıtır pıtır atardı.

Kahraman'la daha çok kuş yakalayıp sevmek için bir tuzak hazırladık. Ağılın önüne biraz arpa serptik, üzerine bir kalbur yerleştirdik. Kuşlar altına girsin diye kalburun bir ucunu 30 cm kadar yukarda tutacak bir çubuk koyduk. Çubuğun ucuna da 20 metre uzunluğunda ince bir ip bağladık. Kuşlar kalburun altına girdiğinde ipi çektik mi kalbur kuşların üzerine düşüyor ve sekiz on tanesi altında kalıyordu. Onların iki üç tanesini alıyor, seviyor, okşuyor ve tekrar uçuruyorduk.

Bir gün ipi çektim kalbur düştü, koştuk dört tane kuş kalmıştı. Kalburu kaldırırken üçü uçtu, biri yerinde kaldı. Elime aldım, bacağı kopacakmış gibi sallanıyordu.

Anladım ki uçmaya çalışırken kalburun kenarı bacağının üstüne denk gelmiş ve onu kırmış. Baktım, kanadı da kırılmıştı çok üzüldüm ne yapacağımı bilemedim. Eve getirip sobanın arkasına indirdim. Ayakta duramıyordu. Uçmak için çırpındığında kanadının biri açılıyor, diğeri açılmadan öylece duruyordu. Ne yapacağımı bilemiyordum çaresizdim.

- Baba bu yaralı kuşu doktora götürelim mi?

- Ne, doktora mı?

- Evet.

- Bu kuşu, doktora götürelim, öyle mi?

- Oğlum ben ananı doktora zor götürüyorum, bu kuşu nasıl götüreyim? Hem baksana kar yarım metre olmuş, yollar kapalıdır, bu havada şehre araba gitmez.

O sırada kıldığı namazı bitiren babaannem "İzzet Amcanıza götürün." dedi.

İzzet, Cüneyt'in babası olan amcamdı. Kırık çıkıktan iyi anlardı. Kahramanla beraber yaralı kuşu bir beze sarıp amcama götürdük. Amcam kuşu güzelce bir muayene ettikten sonra dört tane kibrit çöpü aldı, kırılan bacağı kibrit çöplerinin arasına iyice yerleştirdi ve üzerini bir bezle sarıp bağladı. Bir başka bezle de kırılan kanadı sardı. "Şimdi bunu fazla kıpırdatmadan ve oynatmadan götürün. Sobanın yanına bir yer yapın, oraya yerleştirin. Yanına da biraz yem ve su koyun. İnşallah bir hafta on güne kadar iyileşir. Sakın dışarıda bırakmayın. Kedi köpek yer ya da donarak ölür." dedi.

Biz kapıdan çıkarken arkamızdan seslendi.

- Metin, camiye daha sık gel olur mu?

- Olur amca.

- Kahraman, sen ne zaman gelmeye başlayacaksın?

- Geliyorum amca.

- Geliyorsun da, cumadan cumaya geliyorsun. Ben sizi camide daha çok görmek istiyorum.

- Olur amca gelirim.

- Bak ne güzel çocuklarsınız. Bazı çocuklar kuşları öldürüyor, hayvanlara eziyet ediyor. Siz yaralı bir kuşu iyileştirmek için uğraşıyorsunuz. Allah sizi hiç cehenneme atar mı? Alıp cennetin hem de en güzel köşesine koyar inşallah. Haydi yavrularım güle güle. Ebenize de selam söyleyin.

Amcamın yüreğinden gelen bu tatlı sözler sanki içimize işledi. Buz gibi havada karın üzerinde yürürken soğuktan ellerimiz morarsa da yüreğimiz sımsıcak olmuştu.

Kuşu o akşam sobanın yanına yerleştirdik. Üç kardeş başından ayrılmıyorduk. Yanına hem su koyduk, hem ekmek. Ama ne suyu içiyordu, ne de ekmeği yiyordu...

KÖYE TELEVİZYON GELDİ

Köyümüzdeki hemen hemen her evde radyo vardı. Radyodaki konuşmaları, programları, türküleri, şarkıları çok merak ederdim. O kadar insanın nasıl olup da o küçücük kutunun içine sığdığını aklım almazdı. Arkası yarın ve radyo tiyatrosu gibi programları hiç kaçırmadan dinlerdim. Denizden gelen dalga seslerinin nasıl oluştuğunu hayalimde canlandırır, radyoda duyduğum ama görmediğim her şeyi gözümün önüne getirmeye çalışırdım. En çok da İstanbul ve Çanakkale Boğazlarını merak ederdim.

Babam bir gün kahvehaneden geldi.

- Size bir şey diyeceğim ama inanmayacaksınız.

- Ne diyeceksin?

- Kahveci Burhan televizyon getirmiş.

- Televizyon mu, nasıl bir şey baba?

- Hani şu radyoda haberleri okuyanlar var ya.

- Evet var.

- İşte onlar görünüyorlar televizyonda.

- Televizyon insanların içine sığacağı kadar büyük mü?

- Yok oğlum, eni 40 cm, boyu 30 cm kadar olan bir kutu.

- İnsanları küçültmüşler de mi içine koymuşlar?

- Nasıl anlatayım kutu gibi şeyin önünde bir cam var, yanında bir düğmesi, arkasında da bir kablo var. Kablonun bir ucu televizyonda, diğer ucu aküde takılı.

- Aküyle mi çalışıyor?

- Evet. Düğmeye basıyorsun, biraz bekliyorsun. Camda bir ışık oluyor. Sonra da insanlar görünüyor işte.

- Haberleri söyleyen teyzeler de görünüyor mu?

- Görünüyorlar. Onlar haberleri kâğıttan okuyorlar. Hatta arada bir başını kaldırıp millete bakıyorlar.

- Baba ben çok merak ettim. Gelip baksam olur mu?

- Olmaz. Çocukları kahvehaneye almıyorlar, bilmiyor musun?

Yatağıma uzandığımda televizyonu gözümde canlandırmaya çalışıyordum. Acaba şu radyodaki insanlar nasıldı, başbakan, cumhurbaşkanı nasıldı, maçlarda oynayan futbolcular nasıldı?

En çok da Jülide Gülizar'ı merak ediyordum.

Televizyon geldikten bir süre sonra 20 Temmuz'da Kıbrıs Barış Harekâtı başladı. Türkiye savaşa girdi. Radyoda Kıbrıs Adası, Beşparmak Dağları, Magosa, Lefkoşe, şehitlerimiz, gazilerimiz gibi birçok kelime duyuyordum, ama çoğunun ne olduğunu bilmiyordum.

Bir gün minibüsü beklerken kahveci Burhan Amca'nın yanına gittim.

- Amca sen televizyon mu getirdin?

- Hee. Kim söyledi?

- Babam söyledi. Ben çok merak ettim. Radyodaki insanlar görünüyormuş öyle mi?

- Hee. Görünüyor.

- Bir kere bakabilir miyim?

- Bakamazsın.

- Neden?

- Baban söylemeyi unutmuş herhalde. Televizyon akşam saat yedide açılıyor.

Muhammed Ali adlı bir boksör vardı. Bizim köylüler onu çok severdi. Bir maçı kazandı mı, herkes biz kazanmışız gibi sevinirdi.

Babam bir gün dedi ki,

- Muhammed Ali'nin maçı varmış. Televizyonda gösterecekmiş.

- Ne zaman?

- Perşembe gecesi, sabaha karşı saat dörtte.

- Niye öyle geç baba?

- Burada gece olunca Amerika'da gündüz oluyormuş.

- Nasıl yani, biz gece uyurken onlar gündüz uyanık oluyorlar öyle mi? Nasıl oluyor baba?

- Lan ne bileyim, ne anlarım ben, öyle diyorlar işte.

Babam o gece maçı seyretmiş. Muhammed Ali kazanınca kahvedekiler ağlamış, çünkü o da bizim gibi müslümanmış.

Ortaokula gitme isteğimi sık sık dile getiriyor, adeta babamı bunaltıyordum. Annem bana destek veriyor, ebemle babam karşı çıkıyorlardı. Babam yoksulluğumuzu, beni okula gönderecek kadar paramızın olmadığını öne sürüyor, ebem de şehre gidersem yanlış şeyler öğrenip bozulacağımı söylüyordu.

Annemin arka çıkması zayıf kalıyordu.

VAZGEÇME METİN!

Kimimiz rüzgârın okul bahçesine getirdiği çöpleri topluyor, kimimiz de avluyu süpürüyorduk.

Melek Öğretmen beni yanına çağırdı:

- Son günlerde seni biraz üzgün görüyorum.

- ...

- Derslerde de pek hevesli görünmüyorsun Metin. Seni üzen bir şey mi var?

- Yok öğretmenim.

- Metiiiin, yavrum ben seni tanıyorum. Neden önceki gibi sıkı çalışmıyorsun?

- ...

- Yavrum sende bir şeyler var, bana anlatır mısın?

- ...

Savaş Öğretmenin içimizi korkuyla dolduran, öfkeli "Oğluuum, laaaan, salaaak!" diye bağırmasından sonra, Melek Öğretmenin sımsıcak sesiyle "Yavrum söyler misin?" sözlerini duymak bambaşka bir duyguydu.

Ağlamaya başladım.

- Kimler üzmüş benim yıldızımı, anlat haydi.

- Öğretmenim, içimden ders çalışmak gelmiyor.

- Neden?

- Babam beni ortaokula göndermeyecek, boşuna niye çalışayım ki?

- Okutmaya gücüm yetmez mi, diyor.

- Evet, aynen öyle diyor.

- Sen sus, ağlama yavrum. Ben babamla konuşurum.

- Babamla konuşsanız bile göndermez.

- Nereden biliyorsun?

- Ebem de göndermek istemiyor.

- Onunla da konuşurum.

- O sizi dinlemez ki.

- Niye dinlemesin?

- Çünkü siz küçüksünüz, o büyük.

Güldü Melek Öğretmen:

- Haydi senle bahse girelim mi?

- Nasıl?

- Ben sizinkilerle konuşacağım. Beni dinlemezlerse hiç çalışma, ama dinleyip seni okula göndermeye razı olurlarsa çok çalışacaksın, anlaştık mı, söz mü?

- Söz öğretmenim.

- Şimdi sana bir şey soracağım Metin.

- Sor öğretmenim.

- Güneş nerede?

- Gökyüzünde.

- Hani, nerede ben göremiyorum.

- Bugün bulutların arkasında kalmış, görünmüyor.

- Güneş bulutların arasında kalınca yok mu oluyor?

- Yok olmuyor, orada duruyor ama biz göremiyoruz.

- Bulutlar güneşin önüne geçince onu yok edebiliyorlar mı?

- Hayır.

- Bir rüzgâr esti mi, bulutlar gidiyor ve güneş her zamanki gibi pırıl pırıl parlıyor.

- Evet öğretmenim.

- Peki sen gece gökyüzündeki en parlak yıldız değil misin?

- ...

- Bulutlar önüne geçince senin parlaklığını yok edebilirler mi?

- Edemezler.

- Peki Metin babanla, babaannen senin ortaokula gitme isteğini yok edebilirler mi?

- Edemezler ama göndermezlerse ben nasıl gideceğim?

- Sen parlamaya devam et, bulutlar gidecek.

- Nasıl?

- Deden okumanı hâlâ çok istiyor mu?

- Evet.

- Ben, annen ve deden rüzgâr olup bulutlarını dağıtacağız, anladın mı Metin?

İçim yine coştu, öğretmenimin gözlerine bakıp yine o ışıltıyı gördüm.

- Anladım öğretmenim.

- Hadi şimdi arkadaşlarının yanına...

BABAM KOYUN ALDI

30 tane koyunumuz vardı. Babam o hafta on tane daha satın aldı.

Annem söylendi:

- 30 koyuna zor bakıyoruz, on tane daha almışsın, kim bakacak bunlara?

- Metin bakacak.

- Çocuk nasıl baksın, daha saman çuvalını bile taşıyamıyor.

- Bakar, bakar. Madem ortaokula gitmek istiyor, o zaman koyunlara da mecbur bakacak.

Babamın bu sözlerini duyunca aniden babama döndüm. Konuşmaya devam etti:

- Geçenlerde camiye gidiyordum, Melek Öğretmenle karşılaştım.

- Sahi mi?

- Biraz konuştuk.

- Ne dedi baba, ne dedi?

- Ortaokula gitmenle ilgili şeyler söyledi.

- Eee.

- Okutacak durumumuz yok dedim.

Bir an ümitsizliğe düştüm.

- Sen göndermek istersen çaresini bulursun, dedi. Metin'e yazık etme, çocuk ziyan olmasın, çok zeki bir çocuğunuz var, dedi. Para yok, gelir yok, iki tarlayla, 30 koyunla, iki inekle olmuyor, dedim. O günden beri ne yapsak diye düşünüyordum. Dün cambazı görünce bunları aldım.

Heyecanlanmıştım.

- Beni iyi dinle. Bu koyunlara ben yokken de iyi bakarsan, hepsi kuzularsa, baharda kuzuları satabilirsek, elimize para geçerse seni okula yollarım. Yoksa okulu mokulu unut.

- Bakarım baba, vallahi bakarım.

Okuldan gelince babam koyunların akşam ve gece yemlerini verirken ona yardım ediyordum.

Koyunlar, Ocak ve Şubat aylarında kuzulamaya başlardı. Ben her sabah erkenden kalkıp, doğru ağıla gider, acaba kaç tane kuzu doğdu, diye pencereden bakardım.

Günlerce baktım. Üzgün bir şekilde eve döndüğüm her gün, babam beni, "Oğlum ne acele ediyorsun, daha bir ay var." diye teselli ederdi, ama ben yine de gidip bakmaktan vazgeçmezdim.

Hiç unutmam yılbaşı sabahı baktığımda iki tane kuzu gördüm. Çok heyecanlandım, çünkü her kuzu ortaokula gitmemin biraz daha kolaylaşması demekti.

Ocak ayının ikinci haftasında ağıla baktığımda bir de ne göreyim, üç tane ölü doğmuş kuzu. Ağlayarak eve döndüm. Babamın sonradan söylediğine göre brucella diye bir hastalık varmış, kuzular ana karnında ölüyorlarmış. Bulaşıcı bir hastalıkmış.

Bir ayın içinde on iki tane kuzu ölü doğdu.

Şubat tatili geldi. Melek Öğretmene verdiğim sözü tutmuştum: Karnem YILDIZLI PEKİYİ idi.

Bizim karneleri aldığımız gün, Tahsin de Sivrihisar'dan geldi. Karnesini sorduk, göstermedi. Ben sonra sana gösteririm dediği halde yine göstermedi. Babam amcamdan öğrenmiş. Tahsin'in altı tane zayıfı varmış. O yüzden kimseye göstermemiş karnesini.

Tahsin babaannemin elini öpmek için bize geldi. Babaannem sordu.

- Size orada ne öğretiyorlar?

- Zor şeyler ebe, matematik, İngilizce.

Ebem İngilizcenin ne demek olduğunu bilemeyince babam açıklama yaptı.

- Yani başka memleketlerin dilini öğreniyorlar.

- Yoksa gâvurca mı?

- Yok ana, ne gâvurcası?

- Bu yabancılar dediğin gâvurlar değil mi, dilleri de gâvurca işte.

- ...

- Estağfurullah Yarabbi! Sen, bunun için mi gittin şehre Tahsin?

- Ne yapayım ebe babam yolluyor işte.

- Bir daha gitme.

- Babama söyle ebe, babama.

- Metin sen de mi öğreneceksin bu gâvurcayı?

- Hee ebe gidersem öğreneceğim.

- Yahu oğlum sakın yollama bunu da...

Tahsin'in karnesinin zayıf notlarla dolu olması benim için hiç iyi olmadı. Hele de o akşam bize gelen Dudu yengemin "Ben size demedim mi, bu Tahsin okumaz." diye bilmişlik yapması benim moralimi iyice bozdu.

KARDAN ADAM

Şubat tatilinde kar çok yağdı. Kahraman'la birlikte kocaman bir kardan adam yaptık. Boyu büyük insan kadardı. Babam da bize yardım etti. Elime bir bıçak aldım, kardan adamın başını bıçakla oyarak şekillendirdim. Aynı insan kafası gibi olmuştu. Üstüne babamın ceketini giydirdim. Karşıdan gören biri ilk etapta insan zannediyordu. Çok güzel olmuştu. Elimizde olsaydı onu gece dışarıda bırakmaz, evin içine getirirdik.

Ertesi sabah uyandığımızda pencereden baktım. Yerinde dimdik duruyordu.

Arkadaşlarımdan bazıları onu görünce çok beğendiklerini söylediler. Beğenmeyen tek kişi "Bu ne biçim kardan adam ya, hiç güzel olmamış, hiç burnuna havuç, gözlerine kömür konulmayan kardan adam olur mu?" diyen Aynur'du.

O akşam yemek yiyoruz. Dışarıda önce köpeğimizin havlaması, sonra bir çığlık, ardından da gürültüler duyuldu. Kapı gürültüyle açıldı. İçeriye giren Necmi Abiydi.

- Hayrola Necmi, nefes nefese kalmışsın.

- Evet amca, köpek havlayınca korktum. İçeriye kaçarken sizin kapıda dikilen adama çarptım.

- Bizim kapıda bir adam mı dikiliyor?

- Ben adam sandıydım.

- Nee, diye bir çığlık atmamla, el fenerini alıp dışarıya koşmam bir oldu.

Kardan adam devrilmiş, parçalanmıştı.

Şubat tatili bitmeden bir kardan adam daha yaptık. Bu seferki daha büyük ve güzeldi. Havalar soğuk gittiği için uzun zaman kapıda durdu. Kimse de onu yıkmadı. Sanki ailemizin bir üyesi gibi olmuştu.

Tatil bitti. Okullar yeniden başladı. Okula her gün bir tane tezek götürmeye devam ediyorduk. Bizim köyün arazileri kıraç olduğu için fazla ağaç yoktu. Sınıftaki sobada odun yerine tezek yakıyorduk.

Ortaokula gitmemle ilgili tartışmalar devam ediyordu. Derslerime çok kararlı bir şekilde çalışmaya devam ettim, çünkü Melek Öğretmen bana "Sen üzerine düşeni yapıyorsun. Ailenin şimdilik seni okula gönderecek durumu olmayabilir. Sen vazgeçmeden devam et çalışmaya. Allah'ın nerede ve ne zaman sana bir imkân göndereceği hiç belli olmaz. Yeter ki sen içindeki okuma ateşini söndürme." diyordu.

Mart ayının ortalarıydı. Havalar ısınmaya başladı. Karlar eriyordu. Okul çıkışı eve geldim. Kardan adam yumuşamış ve sulanmıştı. Burnundan, kulaklarından damlalar akıyordu. Ertesi gün hava daha çok ısınınca, kardan adam erimeye başladı. Gözümüzün önünde küçülüp gidiyordu. Cumartesi günü akşama kadar yanında durduk. Eserimiz olan kardan adamın güneşin sıcaklığıyla eriyişi karşısında öyle çaresizdik ki...

SUNA ŞEHRE GİDİYOR

- Ne o Suna, bakıyorum yüzün gülüyor, herhalde annen çok iyileşti.

- Evet Metin, annem çok iyi, senin annen nasıl?

- İyi o da ne yapsın.

- Babam geldi. Beni seneye şehre götürecekmiş.

- Niye?

- Ortaokula yazdıracak beni. Annem, kızımızı okutalım diyor. Babam da maaşının birazını biriktiriyormuş. Bize ev tutacak. Okul bitince de şehre göçeceğiz.

İçim yandı, sanki. Vay be, Suna okula gidecekti demek. İki yıldır ben doktor olacağım deyip duran bu kızın hayali gerçekleşecekti. Anladım ki "Vazgeçme Metin. Allah'ın sana ne zaman ve nasıl yardım edeceği hiç belli olmaz." sözü doğruymuş.

Eve geldim.

- Anne Sunagil var ya, şehre göçeceklermiş.

- Ne zaman?

- Okullar kapanınca.

- Niye gidiyorlarmış ki?

- Babası Suna'yı ortaokula yazdıracakmış. Kızımı doktor yapacağım diyormuş.

- Hıı, iyi işte.

- Ya anne, ben de gitmek istiyorum ortaokula.

- Gene başlama oğlum, git babana söyle.

- Söylüyorum ama dinlemiyor ki.

- O zaman ebene söyle.

- Ebem hiç dinlemiyor. Elinden gelse Tahsin'i de göndermeyecek.

- Tamam tamam, şimdi git başımdan. Görmüyor musun, çamaşırları duruluyorum.

Nisan ayının gelmesiyle beraber havalar iyice ısındı. Karlar eridi, yağmurların çoğalmasıyla birlikte ortalık yeşermeye başladı. Koyunlar kuzuladı. Bizim 21 tane kuzumuz olmuştu. Onlara gözüm gibi bakıyordum, çünkü onları satıp kazanacağımız parayla ortaokula yazılacaktım.

- Metin, bu sene kuzuların sayısı beklediğimiz kadar olmadı. Ne yapacağız oğlum?

- Suna'nın babası aylık alıyormuş, birazını biriktiriyormuş, Suna'yı okula yazdırmak için şehre göçeceklermiş.

- Biliyorum oğlum biliyorum ama bizim aylığımız yok ki.

- Keşke sen de fabrikada çalışsaydın, o zaman para biriktirirdin değil mi?

- Olmadı işte, ne yapalım.

- Beni okula gönderecek misin?

- Bak aklıma ne geldi. Şimdi yağmur çok yağıyor ya, inşallah ekinler iyi olur da arpa buğday çok çıkarsa o zaman yazdırabilirim seni okula.

- Sahi mi baba yazdıracak mısın?

- Yazdıracağım oğlum, yazdıracağım.

Ekinlerin biçilmesine daha üç ay vardı. Benim için geçmek bilmeyen üç ay.

OKULA VEDA

Okulun son haftası bitirme sınavları vardı. İlkokul beşe kadar okuyup öğrendiğimiz tüm konular o sınavda soruluyor ve aldığımız notlar karneye geçiyordu.

O hafta bizim için ilkokul hayatımızın da son haftasıydı. Cuma günü karnelerimizi aldıktan sonra bir daha okula gitmeyecek ve Melek Öğretmenimizi göremeyecektik.

Karneleri alacağımız gün Aziz Öğretmen de okuldaydı. Etrafını sarıverdik.

- Öğretmenim hoş geldiniz.

- Hoş bulduk çocuklar. Nasıl geçti okulunuz, bu dönem iyi çalıştınız mı?

- Çalıştık öğretmenim, Melek Öğretmeni dinleyip çok çalıştık.

- Aferin size.

- Öğretmenim düğününüzü yaptınız mı?

- Hayır yapmadık, Ağustos'ta yapacağız.

- Öğretmenim eşinizin kim olduğunu bize söylemeyecek misiniz?

- ...

Suna bu soruyu sorunca Melek Öğretmenle Aziz Öğretmen birbirlerine bakıp gülümsediler.

Zil çalınca Melek Öğretmen elindeki karnelerle sınıfa geldi. Yanında Aziz Öğretmen de vardı. Kimin adı okunuyorsa, o tahtaya çıkıyor, Melek Öğretmen onun karnesini veriyor, sarılıyor ve bundan sonraki hayatında başarılar diliyordu. Ardından da Aziz Öğretmen aynısını yapıyordu.

Sıra bana geldi. Heyecandan bacaklarım titriyordu. Yürüdüm. Öğretmenimizin yüzüne baktım:

"Sen benim yıldızımsın." deyince sımsıkı sarıldım. Aziz Öğretmen "İleride senin çok büyük insan olacağını şimdi görüyorum." deyince ağlamaya başladım.

Sıra Suna'ya geldi. Öğretmene doğru koştu. Sarılmasıyla hıçkırıklara boğulması bir oldu. Bırakmadı öğretmenimizi, sımsıkı kenetlendi ona. Melek Öğretmenimiz de ağlıyordu. Aziz Öğretmen zor ayırdı ikisini.

Ve son zilin sesini duyduk.

Ayrılıyorduk okuldan.

Merak ettiğimiz her şeyi öğreneceğimizi bekleyerek geldiğimiz okuldan.

Gelir gelmez Savaş Öğretmenin merhametsiz yüreğine tosladığımız, acımasızca dövüldüğümüz, herkesin önünde yediğimiz dayakların korkusuyla altımıza işediğimiz okuldan.

Kişiliğimizin örselendiği, onurumuzun kırıldığı, ruhumuzun sıkıldığı, duygularımızın yaralandığı okuldan.

Ufkumuzu genişletmeye, dünyamızı açmaya geldiğimiz, ancak Savaş Öğretmenin dayağından, hakaretinden, aşağılamasından ötesini düşünemediğimiz ve beynimizi dört duvar arasında hapsetmek zorunda kaldığımız okuldan.

Bir öğretmen çay içerken canımız çekerek baktığımız, bir başka öğretmenin bisküvilerini bölüştüğümüz okuldan.

Ardından Melek Öğretmenin sevgisiyle ısındığımız, şefkatiyle yeşerdiğimiz, bilgisiyle büyüdüğümüz okuldan.

Önceki öğretmenin açtığı yaraların, yeni gelenin merhametli elleriyle iyileştiği okuldan.

Yıldızımızı parlatmayı, güneşimizi aydınlatmayı öğrendiğimiz okuldan.

İnsan yerine konulmayı, değer görmeyi, sevilmeyi, önemsenmeyi iliklerimize kadar yaşadığımız okuldan.

Bazen arkadaşlarımızla dövüştüğümüz, birbirimizin kafasını kırdığımız, yine de birbirimize sahip çıkmayı öğrendiğimiz okuldan.

Köyümüzün dışında, geleneklerimizin, inançlarımızın, bildiklerimizin dışında daha başka bir dünya olduğunu anladığımız okuldan.

Daha büyük okullara gitmek için beynimizi donattığımız okuldan.

Okulumuzdan ayrılıyorduk...

Gözyaşlarımızla...

YİNE Mİ KAÇIYORSUN?

Kahvehanenin önünden geçerken dedem seslendi.

- Metiiin.

- Buyur dede.

- Ne bu halin oğlum. Üzgünsün.

- ...

- Yine okuldan mı kaçıyorsun?

- Hiçbir şey söylemeden koştum dedeme. "Gel bakayım yanıma." deyince sarılıp ağlamaya başladım.

- Ne oldu yavrum?

- Dede!

- Biri mi dövdü?

- Yok dede, okul bitti.

- İyi ya, ne güzel işte.

- Dede ben Melek Öğretmenden ayrılmak istemiyorum ki.

- Ayrılma sen de.

- Ama okul bitti.

- Ne bitmesi lan. Daha büyüğüne başlarsın.

- Ya bizimkiler göndermezse!

- Gönderir, gönderir.

- Babamın okutacak durumu yokmuş, öyle diyor.

- Haydi sen eve git, ben babanla konuşurum.

Dedem, cüzdanını çıkardı. Dörde katlanmış on lirayı uzattı. Haydi şimdi git, bakkaldan ne istiyorsan al.

EKİNLER BİÇİLİYOR

Temmuz ayı geldi. Ekinlerin biçimi yaklaştıkça benim heyecanım artıyordu. Ne de olsa çok verim benim okumam demekti.

Ekinler çok iyiydi. Birkaç kişi verimin önceki senelere göre daha fazla olduğunu söyledi.

Bizim tarlanın biçilmesine iki gün kalmıştı. Öğleden sonra hava bulutlanmaya başladı. Ebem her zamanki gibi kaygılıydı:

"Eyvah, yağabilir." "Ebe ya içime korku düşürdün."

O gün ebemi çok iyi anlamıştım.

İkindi üzeri gök gürlemeye başladı. Yağmur atıştırıyordu. Derken şimşekler çaktı, gök gürültüsü arttı. Ebemin korktuğu başımıza geldi.

Dolu yağıyordu.

Yaklaşık 15 dakika sürdü dolu yağışı. Babam "Vah! Vah! Vah!" diye üzüntüsünü ifade ederken, annem ağlıyordu. Babaannem de babama kızıyordu.

O hafta evimizde yas vardı. Dolu yağışı çok iyi yetişen ekini kırıp mahvetmişti.

On gün kadar ortaokul konusunu hiç açmadım.

BÜYÜK ADAM

- Aziz Hoca var ya, büyük adammış ha!

- Niye ki, ne oldu?

- Hani sene başında buraya geldiydi ya, sonradan tayini Eskişehir'e çıktıydı.

- Hee, öyle olduydu.

- Aslında öyle değilmiş.

- Nasılmış ya?

- Bizim çocuklar Melek hocayı çok sevdiydiler, o gidince çok üzüldüydüler.

- Eee.

- Aziz Hoca bakıyor ki bunlar Melek Öğretmeni çok seviyorlar, kendisine ısınamıyorlar, önce Melek'le konuşuyor, onu tekrar köye gelmesi için ikna ediyor.

- Allah Allah!

- Sonra beraber Milli Eğitim'e gidiyorlar ve yer değiştiriyorlar.

- Yani Melek buraya, Aziz oraya.

- Aynen öyle. Aziz, çocuklara annesinin hasta olduğunu bu yüzden tayin istediğini söylüyor.

- Aslında öyle bir şey yokmuş öyle mi?

- Hee öyle. Bunu duyunca adamı çok takdir ettim. Gösteriş yok, iyiliği başa kakmak yok, riya yok... Dosdoğru, adam gibi adammış be.

- Sen bunları nereden biliyorsun?

- Eskişehir'e giderken minibüste yan yana oturduk, biraz muhabbet ettik. Bana dedi ki, 'Abidin abi, bu köyde okula gitmesini istediğim beş altı çocuk var. Bunlar Melek Hocayı sevmişler. Dedim ki, ben kalsam okuma hevesleri kaybolacak. O yüzden gittim. Okuması gerekenlerden biri senin oğlan. Metin çok zeki bir çocuk. Ne olur abi, onu okut. Ne yap, ne et ortaokula mutlaka gönder, yoksa çocuk ziyan olup gider. Sen çiftçisin. Ekinin, koyunun, ineğin kalitesini bilirsin. Ben de öğretmenim, öğrencilerin kalitesini bilirim.'

- İyi demiş Aziz Hoca, helal olsun adama.

- O konuşurken koltuklarım kabardı. Kendi kendime dedim ki, 'He yaa, Metin'i okula göndereceğim. Elin adamı bizim çocuklar için tayin istiyor, biz, çocuklar için oralı bile olmuyoruz.'

Babam bana döndü:

- Okutacağım oğlum seni... Gerekirse ceketimi satıp okutacağım.

EL, ELİN EŞEĞİNİ TÜRKÜ ÇAĞIRARAK ARAR

Okullar yaz tatiline girince, Tahsin köye geldi. Sınıfta kalmıştı. Bir kaç gün dışarı çıkmadı. Babası çok üzüldü. Kendisi de çok mahcup oluyordu. Ben ortaokulu çok merak ettiğim için bir kaç defa yanına gidip okulla ilgili sorular sordum. Konuştukça biraz rahatladı.

Bizim köyde o güne kadar okuyan pek yoktu. Bir kaç kişi çocuklarını okutmak için mücadele etmişti, ancak onlar yol yordam bilmediği, çocuklar da önlerinde örnek alacak biri olmadığı için bir sonuç alamamışlardı.

Tahsin'in sınıfta kalması çocukların okumayla ilgili heveslerini kırdı. "Koskoca muhtarın oğlu okumazsa biz nasıl okuyacağız ki?" gibi bir olumsuz düşünce oluştu.

Bir akşam çay içiyorduk. Dudu Yengem Tahsin'in durumunu bir atasözüyle açıkladı. Dedi ki, "El, elin eşeğini türkü çağıra çağıra ararmış. Okumayı, babası istediği için Tahsin derslere türkü çağıra çağıra çalıştı herhalde."

Okul masraflarıma katkısı olur diye çalışmaya başladım. 12 yaşındaydım, ilkokuldan yeni mezun olmuştum ve daha ortaokula bile başlamamıştım.

Ambarlara arpa çektim, koyun başı tuttum, samanlığa saman attım, kuzu güttüm, çapa yapmaya gittim, inşaat yapan ustaların yanında çamur ya da helik taşıdım, kırlarda tezek topladım, tarlalardan taş temizledim...

Bana verilen küçücük paraları biriktirdim. Onları götürüp bakkalda tümlettirdim, yüklükteki yorganların arasına sakladım ve şehre gideceğim günü beklemeye başladım.

Sonunda Eylül ayı geldi ve okulların açılacağı, hayallerimi süsleyen o harika gün yaklaştı. Ortaokula başlamama sayılı günler vardı.

O güne kadar karşıma çıkan bütün engelleri aşmıştım. Pes etmek, hayalimden vazgeçmek, küsüp bir kenara çekilmek aklıma bile gelmiyordu. Melek Öğretmenin içimde tutuşturduğu başarı ateşi sönmüyordu. Bu yolda öyle bir hareketlenmiş ve hızlanmıştım ki sanki frenlerim tutmuyordu.

Pazartesi günü okullar başlıyordu. Ben nerede kalacağımı, hangi okula yazılacağımı bile bilmiyordum. Pazar günü babam traktörün arabasını ambarın kapısına yaklaştırdı. "Hadi bakalım, arpa doldurun!"

Doluda zarar görmeyen tarladan elde ettiğimiz arpayı arabaya doldurmaya başladık. Babam Pazartesi günü onu satacak, önce beni okula yazdıracak, elbise, ayakkabı, kitap, defter alacaktı. Sonra da kalacağım yeri ayarlayacaktı. Ya beni bir pansiyona yazdıracak, ya da bir ev kiralayacaktı.

Traktörün arabasına yaklaşık 120 kile arpa doldurduk, yani üç ton.

O akşam evde kalacağım son akşamdı. Annem güzel yemekler yaptı. Yemekten sonra komşular bizde toplandı. Ev çok kalabalıktı. Herkes kendince bana akıl veriyor ve şehirde bana kolaylık sağlayacak öğütlerde bulunuyordu. En çok da Tahsin'i örnek gösteriyorlar ve iyi çalışmazsam sonumun ona benzeyeceğini söylüyorlardı. Bazıları da "Gerçi sen çalışkansın, bizim söylememize gerek kalmadan çalışırsın." demekle yetiniyorlardı.

Geç saatlerde herkes gitti. Giderken, sabah seni uğurlamaya geliriz, diyerek ayrıldılar. Yatağa uzandım. Çok yorgun olmama rağmen uykum gelmiyordu.

Acaba Sivrihisar nasıl bir yerdi, nerede kalacaktım, alacağımız elbise ve çoktandır istediğim iskarpin ayakkabılar nasıl olacaktı? Okulda dersler zor muydu, neler öğrenecektim, öğretmenler, Savaş Öğretmen gibi miydi, yoksa Melek Öğretmen gibi miydi? İlk defa göreceğim çocuklarla anlaşabilecek miydim, acaba okul bitince ben ne çıkacaktım, her gün lokantada değişik yemekler yiyebilecek miydim?

BÜYÜK GÜN

Sabah erkenden uyandım. Heyecandan mı, yorgunluktan mı bilmiyorum o gece yine yatağa işemiştim. Utana sıkıla kalktım yerimden. Annem "Oğlum, senin bu durumun nasıl olacak yavrum, elin gurbetinde de böyle olursa zorda kalırsın." dedi.

Annem, altımı ıslattığım için ilk defa o sabah bana kızmadı. Beni uğurlamak için gelenler kahvaltı sırasında avluda birikmeye başladı. Kimler yoktu ki, dedem, İsmail Hoca, anneannem, Cüneyt Abi, Necmi Abi, Harun Abi, Cemil, Aynur, Dudu yengem, Kel Arif ve daha birçok komşu.

Sırayla herkesin elini öptüm. Dedeme sarıldım. "Bana bugünleri gösteren Allah'a şükürler olsun." derken ağlıyordu. Gözyaşları bembeyaz sakallarından aşağı süzülüyordu. Aynur'la tokalaşırken göz göze geldik. İlk defa duygulu ve mahzun bakıyordu.

İsmail Hoca, "Durun bir dua yapalım." dedi. Yürekten okuduğu dua herkesi çok duygulandırdı.

Yağmur duası, gelin duası, cenaze duası, asker uğurlama duası görmüştüm ama öğrenci uğurlama duasını ilk defa görüyordum. Anneme sarıldım. "Rafet gitti, sen nereye gidiyorsun Metiiiiin?" diye feryatları yıldızlara ulaşacak kadar güçlüydü. Babam traktöre bindi. Ben de traktörün arabasına binip babamın arpanın üstüne yaydığı kepeneğin üzerine oturdum. Traktör hareket ettiğinde onca akraba, komşu ve köylümüz arkamdan el sallıyordu.

Bir süre başım geriye dönük, köyümüze baktım: Dışına çıkmadığım köyüme, iyisiyle kötüsüyle on iki yaşıma kadar çocukluğumu geçirdiğim köyüme, hayatımın temellerinin atıldığı köyüme, içinde yaşarken çok büyük sandığım ama dışına çıkıp ondan uzaklaştıkça aslında küçücük olduğunu fark ettiğim köyüme...

Bir süre sonra yönümü şehre çevirdim: Gitmeyi çok istediğim halde, beni nelerin beklediğini ve orada neler yaşayacağımı bilmediğim şehre, uzaktan baktığımda gözüme çok büyük görünen ama yaklaştıkça küçülmeye başlayan şehre, on iki yaşıma kadar şekillenen çocukluğumu nasıl daha da güzelleştireceğimi tahmin edemediğim şehre...

Babam gaza bastığında traktörün egzozundan çıkan is içimdeki aydınlığı karartamıyor ve okumaya olan isteğimi söndüremiyordu.

Ve şehir göründü...

İÇİNDEKİLER